Paul Katsitis

Mykonos Crime 14
Trauma

Paul Katsitis

Mykonos Crime 14

Trauma

Bisher erschienen in dieser Reihe:

Mykonos Crime 1 Die Bestie von Mykonos
Mykonos Crime 2 Rache
Mykonos Crime 4 Der Drei-Sterne-Mord
Mykonos Crime 5 Tattoo
Mykonos Crime 6 Skalpell
Mykonos Crime 7 Hass
Mykonos Crime 8 Sturm über Mykonos
Mykonos Crime 9 Die Maske
Mykonos Crime 10 Abseits
Mykonos Crime 11 Glut
Mykonos Crime 12 Putsch
Mykonos Crime 13 Royals
Mykonos Crime 14 Trauma
Mykonos Crime 15 Khaled (Dez. 2019)

Andere Mykonos-Bücher siehe Buchende

Impressum
Titelbild: shutterstock
Copyright Paul Katsitis 2019
ISBN 9783749497539
Druck books-on-Demand GmbH

Jeder Band behandelt einen abgeschlossenen Fall, sodass die Bände nicht in der Reihenfolge gelesen werden müssen.
Die Bände 1-10 gehören zur ersten Serie. Mit Band 11 beginnt die zweite Serie. Hierbei handelt es sich um deutsche Neuerscheinungen, die in den nächsten Monaten veröffentlicht werden.

Alle Bücher der Serie wurden in Griechenland gesetzt. Da griechische Setzer keine deutschen Fehler erkennen können, finden sich in dem Buch sicher mehr Fehler als in einem normalen Buch. Aber so bleiben wenigstens ein paar Euro in Griechenland.
Die Schrifttype/-Größe ist 11 pt Century Gothic. Ungewohnt für Deutsche, da sie größer ist als die in Deutschland üblichen Arten, dafür sind die Zeilenabstände kleiner – insgesamt besser zu lesen.
Man kann von anderen Ländern auch etwas lernen…

Für dieses Buch benötigte ich (wie bei einem Kochrezept):
1 Emirat (Fudscheirah, in abgewandelter Schreibweise) und 1 Medikament.

Die Person des Kronprinzen in diesem Buch hat nichts mit dem tatsächlichen Kronprinzen von Fudschaira zu tun.
Der Name des Medikaments ist frei erfunden.
Ähnlichkeiten mit existierenden Pharmaprodukten sind rein zufällig.

Alexandros Nikakis (früher Galis), 36, war leitender Kommissar auf Mykonos und ist verheiratet mit

Angelos Nikakis, 30, war Hauptkommissar in Thessaloniki.
Nach ihrem Kennenlernen beschlossen beide, auf Mykonos eine Privatdetektei zu eröffnen. Um die Kosten für eine Kommissar- bzw. Stellvertreterstelle einzusparen, ermittelten Alex und Angelos im Auftrag der Gemeinde gegen Honorar. Ein guter Deal für beide Seiten.
Seit einem Jahr ist Angelos auch Bürgermeister. Seitdem biegt er Vorschriften und Gesetze bis es knarzt – sehr zur Freude „seiner Insulaner!".

1

Athen, VIER JAHRE ZURÜCK

Angelos Nikakis ging durch die Straßen von Athen nach Hause. Über den kleinen Park erreichte er das kleine Haus, indem er und sein Freund Ben wohnten. Sein Tag war ohne Höhepunkte, was man als Kommissar von zwei Seiten sehen konnte. Einerseits die Langeweile, obwohl man sich nach etwas Spannendes sehnte, andererseits: wurde nichts gemeldet, kam auch niemand zu schaden. Doch insgeheim sehnte sich Angelos Nikakis nach Arbeit. Nach Adrenalin. In der Polizeihochschule, die er vor einem Jahr abgeschlossen hatte, hatte er die Vorlesungen über spektakuläre Kriminalfälle mehrmals besucht. Ihn faszinierte das Räderwerk aus Ermittlern, Laboranten, Ballistikern und Pathologen. Im Ringen mit dem Täter, der allen einen Schritt voraus war. Doch der Abstand wurde immer kleiner, bis man ihn in Sichtweite hatte. Bis man fast nach ihm greifen konnte. Bis man ihn dingfest machen konnte.

Seinen ersten Mordfall bei der Kripo in Athen hatte Angelos mit Bravour gelöst. Ein kleines Mädchen, das auf der Heimfahrt vom Sportunterricht von einem Mann in den Busch gezerrt und vergewaltigt wurde. Anschließend erwürgte er das arme Ding. Es war 13 Jahre alt.

Den Besuch bei den Eltern übernahm Gott sei Dank eine Kollegin, sodass er sich schnell an die Arbeit machen konnte. Keine 72 Stunden später saß der Täter in U-Haft. Die Presse feierte Nikakis und auch die Eltern waren ihm dankbar.

Angelos schloss die Türe auf und betrat die Wohnung. Ben kam ihm entgegen und küsste ihn auf die Wange. Ben war ganz anders als Angelos. Älter, um einiges. 43. Stämmig, behaart und laut. Vielleicht sind es die Gegensätze, die sich anziehen, dachte Angelos. Er war gerade 26, eher der leise Typ – und schön.

Das, was man unter einem griechischen Jüngling sich eben vorstellt.

Plötzlich traf ihn ein furchtbarer Schmerz. Er hatte einen Schlag in die Nieren bekommen. Und noch einen. Dann bekam er von Ben einen Fausthieb in den Magen. Angelos stürzte. Er merkte noch, wie mehrere Hände versuchten, ihm die Kleider vom Leib zu reißen. Er strampelte mit den Füßen. Dann kam der Tritt in die Hoden. Der Schmerz war unbeschreiblich – und der Widerstand erlahmte.

2

Die Hände packten ihn und warfen ihn aufs Bett. Angelos, noch immer vom Schmerz benebelt, bemerkte, wie man ihn an die Bettpfosten fesselte. Ben. Hatte er mich gerade geschlagen? Nein, das muss eine Sinnestäuschung gewesen sein. Aber es war keine.

Angelos bemerkte, wie sich ein Mann auf ihn warf. Der Geruch. Es war zweifellos Ben.

„Warum tust du das?"

„Ich bin so wie ich bin. Und nicht das, was du in mir sehen möchtest. Ich will Spaß und zwar diesen Spaß."

Ben drang mit Gewalt in Angelos ein, der aufschrie. Das hatte nichts mit dem wohligen Schmerz zu tun, den Analverkehr mit sich brachte.

„Stopft ihm das Maul", rief Ben.

Kurz darauf stopfte man ihm von der Seite eine Socke in den Mund, dennoch schrie er aus Leibeskräften.

Es schien Ben erst richtig anzuheizen. Eine Orgie von Schmerz erfasste Angelos. Dann war es vorbei.

Mit einem Grunzen rutschte Ben von ihm herunter. So muss sich das kleine Mädchen gefühlt haben, dachte Angelos. Jetzt weiß ich, was Opfer erdulden müssen.

Doch es war erst der Anfang. Der Nächste drückte ihm Zigaretten auf dem Rücken aus. Angelos schrie, aber niemand konnte ihn hören.

Der Mann warf sich auf ihn. Er war schwerer und fetter. Seine Hüftpolster hingen an Angelos Seiten herunter. Als er eindrang, riss etwas im Anus. Das Ding war so groß, dass es nicht hineinpasste. Und gerade dies turnte Mann 2 an. Er stieß zu. Und wieder. Und wieder. Er stank furchtbar. Nach Schweiß und er hatte unerträglichen Mundgeruch. „Das wolltest du doch schon immer, Schönling? Einmal richtig hergenommen werden! Von richtigen Männern". Er grunzte wie ein Schwein. Angelos war schon halb bewusstlos, als der Fette aufschrie.

Angelos merkte, dass eine Flüssigkeit zwischen seinen Beinen hinabfloss. Blut.

„Schau mal. Dein Kleiner hat seine Monatsblutung", rief der Fette. Die anderen zwei lachten. Den fetten Mann sollte Angelos Nikakis wiedersehen. Vier Jahre später auf Mykonos.

3

Angelos hörte Bens Stimme. Was habe ich ihm getan? Auf die Idee, dass Ben nie der Mensch war, für den Angelos ihn hielt, kam er nicht. Er hatte auch keine Zeit, denn der Dritte machte sich ans Werk. An den Schmerz kann man sich nicht gewöhnen. Es war aber kein Glied, das in ihn eindrang Es war etwas anderes.

Heiß und mit Noppen. Angelos brannte innerlich. Rasend vor Schmerz biss er in den Knebel. Als alle genug Spaß mit dem Heizstab hatten, ging der Dritte ans Werk. Angelos´ Körper bewegte sich mit, schlaff. Er war ohnmächtig geworden. Eine Gnade. Erst beim Aufschrei des dritten Vergewaltigers kam er wieder zu Bewusstsein.

Aber sie waren noch nicht fertig. Angelos bemerkte, wie sein Kopf hochgezogen wurde.

„Schau was wir hier noch haben. Das Finale sozusagen!" Die Stimme des Dicken.

Es war eine Klobürste.

Trotz des Knebels schrie wie am Spieß, als sie ihm die Bürste hineinrammten.

„Du glaubst, das war es? Nun, besonders gut wird es beim Hinausziehen. Dann stellen sich die Borsten auf und kitzeln die Darmhaut!"

Sie kitzelten sie nicht, die Borsten rissen die Haut auf.

Wieder ereilte Angelos die Gnade der Ohnmacht.

„Was machen wir jetzt mit ihm? Schal um den Hals?"

Er hörte Ben lachen.

„Er ist Bulle. Glaubst du, er zeigt uns an? Er würde zum Gespött von ganz Athen. Er soll ruhig damit weiterleben. Oder besser: langsam krepieren."
Noch immer konnte es Angelos nicht glauben. Doch es gab keine Zweifel. Sein eigener Freund hatte eine Massenvergewaltigung als Party mit Freunden arrangiert.
Angelos bemerkte, wie es auf seinem Rücken plötzlich warm wurde. Sie urinierten auf ihn. Und lachten.
Aber Angelos konnte nicht weinen. Zum Weinen benötigt man wenigstens ein Minimum an Kraft. Aber Schmerz und Erniedrigung nahmen ihm alles. Man schnitt die eine Fessel an den Händen ab.
„Und wenn du wieder mal Lust auf einen Vierer hast, sag es uns", dröhnte die Stimme des Fetten. Er wieherte vor Lachen.
„Komm, Ben, lass uns einen trinken gehen!"
Ben trat zum Bett und flüsterte Angelos ins Ohr.
„Ich hoffe, du gehst daran zugrunde, mein Schöner. In spätestens einer Stunde bist du hier und aus meinem Leben weg. Und komm mir nicht zu nahe. Denk nicht mal dran. Es gibt noch bessere Varianten. Mit einem Lötkolben. Oder einer Stahlbürste!"
Dann war Ruhe.
Und endlich konnte er weinen. Ihm gelang es auch, den Knebel herauszuspucken. Er konnte schreien. Und das tat er. Er versuchte, die andere Fessel zu erreichen, rutschte aber im Bett immer wieder weg. Dann sah er den Grund: eine riesige Blutlache. Er hatte nun beide Hände frei, aber wie sollte er die Fesseln an den Füßen entfernen. Er

hatte keine Kraft mehr und blieb erst einmal liegen. Es dauerte zehn Minuten, bis er aufschrie und mit einem Bein gegen den Pfosten trat. Er löste sich und das Bettgestell sackte weg. Der Fette hatte es wohl schon beschädigt.

Angelos rollte vom Bett und schrie erneut auf. Er hatte blaue Flecken am ganzen Körper und die Brandwunden taten höllisch weh. Angelos war unfähig zu denken. Ben hatte recht. Seine Kollegen rufen? Nein. Das ganze Präsidium würde lachen.

„Hat er nun davon, dass er schwul ist. Da passiert so etwas!"

Angelos krabbelte auf allen vieren in die Dusche. Er wäre fast nicht an die Armaturen herangekommen.

Endlich verspürte er heißes Wasser. Aber es brachte wieder Leben in seine Wunden.

Erneut schrie er. Unter ihm bildete sich eine Blutlache.

Da schwimmt es davon. Mein Leben. Mein Vertrauen in andere Menschen. Nun verstand er, warum sich manche Opfer umbringen. Nicht wegen der körperlichen Folgen, sondern wegen der Demütigung. Und es war auch nicht Wut und Hass, die in Angelos hochkamen. Es war Scham. Das Gefühl der ultimativen Demütigung. Aber das Schlimmste: ein Vertrauter hatte ihm das angetan. Wie bei kleinen Kindern, die von ihrem Vater missbraucht werden. Der, der einen schützen sollte, war der Täter.

Angelos zog sich an. Oder besser: die Fetzen, die von seiner Kleidung übriggeblieben waren. Es dauerte eine gefühlte Ewigkeit. Als er das T-Shirt über die Brandwunden zog, schrie er laut auf. Gerade gehen konnte er noch nicht. Er spürte, wie das Blut noch immer lief. Er ging in die Küche, bückte sich stöhnend unter die Spüle.

Er nahm die Flaschen, die dort standen und schüttete den Inhalt über den Küchentisch und schob diesen mit letzter Kraft zum Fenster. Dann nahm er ein Feuerzeug und ein Zischen ging durch den Raum. Vom Tisch bis zur Gardine brauchte das Feuer nur drei Sekunden. Schon brannte es lichterloh.

Angelos verspürte keine Befriedigung. Die Bude würde niederbrennen. Der Ort muss aufhören, zu existieren.

Gott sei Dank gab es einen Aufzug. Angelos war jetzt im Freien. Die Sonne verursachte zusätzlich Schmerzen. Nur in Tippelschritten ging es vorwärts. Angelos hoffte, dass das Blut nicht durch die Jeans hindurchdrang.

Die U-Bahn. Treppen. Pro Stufe eine halbe Minute. Endlich kam er auf dem Bahnsteig an. Angelos versuchte, normal zu wirken – dennoch starrten ihn die Menschen an. Die Treffer im Gesicht waren zu deutlich.

Und er schwankte. Ein Betrunkener, dachten die anderen bestimmt.

Der Zug fuhr ein. Angelos machte zwei Schritte vorwärts, da packte ihn jemand am T-Shirt und zog ihn zurück.

„Nicht heute", sagte der alte Mann. „Erst drüber schlafen!"

4

Angelos sah sich um. Der Mann war verschwunden und er selbst stand drei Meter vom Gleis weg. Erst jetzt registrierte er die Blicke der Passanten. Angelos ging zurück zur Treppe. Weg hier. Er spürte, wie ihm das Blut in die Schuhe lief. Dennoch quälte er sich die Treppen hoch. Oben musste er tief Luft holen.

Wo soll ich hin? Ich habe keine eigene Wohnung mehr. Ins Krankenhaus? Was sollte ich dort sagen? Die Brieftasche! Sie war noch da. Mit zittrigen Händen zog er sie aus der rechten Gesäßtasche. Und lächelte.

Da war sie. Die gemeinsame Kreditkarte, die auf Bens Konto lief. Es würde zunächst nur eine kleine Rache sein.

Er winkte nach einem Taxi.

„Zum ‚Grande Bretagne'!"

Es war das beste Hotel Athens. Ein Platz, an dem man nicht viel fragte. Sofern man bezahlen konnte.

„Sie haben kein Gepäck dabei?", fragte ihn der Rezeptionist.

„Nein. Verloren am Flughafen!" Angelos wurde schwindlig.

„Geht es Ihnen nicht gut? Sollen wir einen Arzt rufen?"

Wenn er diskret ist, schon, dachte Angelos.

„Ich gehe erst mal ins Zimmer. Wenn es mir nicht besser geht, melde ich mich. Vielen Dank!"

Als er im Zimmer stand, ließ er sich ins Bett fallen. Und weinte. Wie ein Baby rollte er sich zusammen. Erneut ging er in die Dusche. Den Dreck abwaschen. Obwohl er so schlau war zu wissen, dass das Gefühl, beschmutzt worden zu sein, nicht mit Wasser zu beseitigen war. Doch immerhin hatte er dieses Mal Zeit, um seine Verletzungen zu begutachten.

Neben den Verletzungen im Gesicht, waren im Spiegel am Rücken die Brandwunden durch die Zigaretten zu sehen. Und noch immer blutete er aus dem Hintern. Die Haut im Darminneren war gerissen, das hatte er gespürt. Mit einem Handtuch unter sich, setzte er sich auf das Bett.

Es hatte keinen Zweck.

„Hier Zimmer 212. Ich benötige doch einen Arzt. Keinen Krankenwagen. Es ist etwas heikel. Und dann noch eine Bitte: ich brauche drei Shorts, fünf schwarze T-Shirts, alles Größe L. Eine Jeans 31/34. Und schwarze Schuhe 43. Mein Gepäck kommt wohl so schnell nicht", log Angelos.

Der Rezeptionist schien in keinster Weise überrascht. Offenbar war dies in einem Hotel der Luxusklasse durchaus üblich.

„Ich gebe alles an den Concierge weiter. Wahrscheinlich brauchen Sie noch ein Waschset. Es wird etwas dauern, denn heute ist Sonntag!"

Stimmt, dachte Angelos.

„Der Arzt dürfte etwa dreißig Minuten brauchen. Kann ich sonst noch etwas tun?"

„Nein. Ich danke Ihnen sehr!"

Das Handtuch unter ihm hatte sich innerhalb kürzester Zeit rot gefärbt.

Nachdem nun die Handlungs-Automatik halbwegs funktioniert hatte, setzte sich nun auch wieder das Gehirn in Betrieb. Fatalerweise.

Warum nur? Was habe ich getan? Angelos Nikakis fiel nichts ein. Ben und er kannten sich vier Monate. Sicher, er war der ruppige Typ und manchmal überschritt der Sex die Grenze.

Aber so etwas wie heute?

Angelos kippte nach hinten und schlief trotz der Schmerzen ein. Bis es an der Tür klopfte.

Ein älterer Mann mit freundlichem Gesicht.

„Ich bin Doktor Chelmis".

Angelos´ Gesicht war noch immer verheult. Er hatte sich im Schlaf hin- und her geschmissen und geweint.

Der Arzt sah das blutverschmierte Handtuch.

Anfangs konnte Angelos nicht sprechen.

„Setzen Sie sich doch. Brauchen Sie etwas zur Beruhigung?"

Angelos nickte. Der Arzt gab ihm ein Lorazepam.

„Ich … ich..", begann Angelos.

„Hier ist wohl einiges aus dem Ruder gelaufen", sagte der Arzt.

„Ich bin schwul und von drei Männern vergewaltigt worden!" Es war raus. Angelos konnte es zumindest aussprechen.

Der Arzt zeigte keine Regung. Wahrscheinlich war er schon zu Schlimmerem gerufen worden.

„Legen Sie sich bitte auf den Bauch!"

Der Arzt sah die Brandwunden auf dem Rücken.

„Um Gottes Willen. Warum haben die Sie denn so zugerichtet?"

Nein, ich bin nicht schuld, dachte Angelos.

„Ich kannte sie nicht!" Außer Ben, aber das verschwieg Angelos.

„Wird jetzt weh tun. Ich kümmere mich um die Brandwunden. Am besten beißen Sie in das Handtuch!"

Und das war ein sehr nützlicher Ratschlag.

Ein gedämpfter Schrei war zu hören.

„Für den Darm brauche ich ein Endoskopiegerät. Ich nehme an, Sie wollen unter keinen Umständen ins Krankenhaus. Dann müsste ich ein transportables kommen lassen. Sind Sie privatversichert?"

„Ja. Aber ich zahle mit Kreditkarte!"

Gut, dachte der Arzt. Wenn das Hotel sie gecheckt hat, geht das in Ordnung.

„Ich werde Ihnen jetzt vorläufig eine Tamponade einführen. Könnte …"

„…weh tun, weiß ich", ging Angelos dazwischen. Weh war der falsche Ausdruck. Und viel schlimmer: es erinnerte ihn wieder an das Geschehene.

„Kennen Sie einen Psychologen?", fragte der Arzt. Angelos kannte nur die Polizei-Psychologin. Nett, aber eben eine Frau. Geht nicht.

Dennoch sagte er: „Ja!"

„Ich bin kein Traumaexperte. Aber ich habe zwei Vergewaltigungsopfer in meiner Praxis. Allerdings Frauen. Dennoch: verdrängen Sie es nicht. Sonst kommt es – vielleicht erst in ein paar Jahren – mit doppelter Wucht zurück. Haben Sie Familie?"

Angelos schüttelte den Kopf. Die Eltern waren verstorben. „Freunde?"

Angelos schüttelte den Kopf. Ich kann niemand mehr trauen.

„Dann wird es schwer. Verlassen Sie diese Stadt, wenn es denn möglich ist. Und lassen Sie die Finger von Drogen und Alkohol. Die Versuchung wird groß sein. Für die erste Zeit kann ich Ihnen Lorazepam zur Beruhigung geben. Aber nur für einen begrenzten Zeitraum."

Angelos nickte.

„Ich lege Ihnen eine Infusion gegen die Schmerzen. Der Blutverlust ist nicht gravierend. Wir brauchen keine Konserve."

Es dauerte noch etwa zwanzig Minuten, bis ein Wagen in das Zimmer geschoben wurde. Oben drauf stand ein Monitor. Der Mitarbeiter des Arztes schien über das blutige Handtuch und die ungewöhnliche Lage des Patienten nicht erstaunt. Er hatte wohl schon Schlimmeres gesehen.

„Ich kann Ihnen leider keine örtliche Betäubung geben. Die wäre noch schmerzhafter. Ich wärme aber den Stab etwas an. Und jetzt bitte wieder ins Handtuch beißen. Ich muss mehrmals drehen, um die Darmwände zu sehen!"

Angelos´ Kieferhälften knirschten, so groß war der Schmerz.

„Grundgütiger. Das waren Tiere", sagte der Arzt. Dann murmelte er mehrere Worte und zog den Stab langsam wieder heraus.

Angelos entspannte sich.

„Also: Sie müssten im Grunde genommen ins Krankenhaus. Das wissen Sie. Noch immer kategorisch dagegen?"

Angelos nickte.

„Nun: sie haben mehrere Verletzungen der Darmschleimhaut. Das Gewebe heilt zwar relativ schnell. Dennoch würde ich feste Nahrung eine Woche vermeiden. Kein harter Stuhlgang und kein Pressen. Das Unangenehme: Sie haben einen Riss im Schließmuskel. Der muss genäht werden. Äh, DAS wird wirklich wehtun. Spritzen ist auch nicht besser. Ich werde es vereisen."

Als die Kälte zu spüren war, empfand Angelos sie als angenehm. Dann kam der Stich.

Angelos brüllte in das Handtuch. Und es kamen noch drei. Angelos war klatschnass und atmete heftig.

„Die Fäden müssen nicht entfernt werden. Aber die nächsten zwei Wochen vorsichtig sein. Kein Sex!"

„Haben Sie noch alle Tassen im Schrank? Sagen Sie das zu Frauen auch? Ich bin froh, wenn ich in einem Jahr wieder kann", raunzte Angelos.

„Ruhig. War nicht böse gemeint. Sie brauchen noch ein Antibiotikum, das Sie unbedingt bis zum Ende nehmen müssen." Der Arzt gab Angelos ein Päckchen.

„Auch wenn Sie es für deplatziert halten. Sie sind ein gutaussehender Mann. Sie werden jemanden finden, der Ihnen hilft. Haben Sie Geduld!"

Angelos hörte die Worte, aber …

„So das wär's. Jetzt muss ich noch die Rechnung schreiben!"

1.650 Euro. Eine kleine Strafe für Ben.

Aber für andere Rachegefühle war es noch zu früh.

Als der Arzt gegangen war, klopfte es erneut.
Ein junger Mann brachte Kleidung und die
Schuhe. Angelos besaß nichts mehr. Die Wohnung
konnte er nicht mehr betreten. Und sie war
hoffentlich abgebrannt.

5

Die Nacht war ein Vorgeschmack auf den
Horror der nächsten Monate oder sogar
Jahre. Angelos hörte die Worte der
Vergewaltiger, ihr Stöhnen. Er litt unter den tat-
sächlichen Schmerzen und denen, die er erlebt
hatte.
Sein Bett war klatschnass.
Er wusste nicht, was er tun sollte. Alleine. Niemand
würde ihm helfen.
Es war noch vor der Dämmerung, als Angelos das
Zimmer verließ und vor das Hotel trat.
Angelos Nikakis konnte nur schlecht laufen. Nur
mit größter Vorsicht bewegte er sich. Die Naht
durfte nicht reißen.
Der Arzt hatte recht: ich muss hier weg. Mein
bisheriges Leben war nichts anderes als Bullshit.
Sein prügelnder Vater, seine feige Mutter. Sein
homophober Bruder, der Angelos blutig schlug,
als er ihm gestand, schwul zu sein. Er hatte sich
Verständnis erhofft. Nicht sofort – so naiv war
Angelos nicht. Aber als er Tage danach mit

seinem Bruder sprechen wollte, erntete er brutale Schläge.

Nun hatte er das zweite Mal Gewalt erlebt, nur dieses Mal gepaart mit Demütigung.

Dabei sah Angelos mehr als gut aus.

Ebenmäßiges Gesicht, schwarze Augen und Muskeln dort, wo sie hingehören. Früh fiel ihm auf, dass Frauen und Männer ihm hinterhersahen.

Es gefiel ihm, aber es führte nicht zu einem Mehr an Selbstbewusstsein. Zu viele Verletzungen – und nun dies.

Schweren Herzens bog er ab in Richtung des Tatortes. Gegenüber lag ein Juweliergeschäft, aber das hatte um diese Uhrzeit noch geschlossen. Also wartete Angelos in einem nahegelegenen Café. Er setzte sich mit dem Rücken zum Fenster. Wäre Ben aus dem Haus gekommen, hätte er nicht gewusst, wie er reagieren soll. Der Anblick blieb Angelos erspart.

Um 10.00 Uhr verließ er das Café und betrat den Juwelierladen.

„Nikakis, Kripo Athen. Am Sonntag gab es einen Raubüberfall auf das Restaurant gegenüber. Vielleicht ist auf Ihrer Außenkamera etwas zu sehen. Sie ist schwenkbar, oder?"

„Ja. Es ist nicht zu glauben. Wir können nur noch öffnen, wenn ein Kunde läutet. Nur noch Schwarze in diesem Viertel. Kommen Sie mit, ich zeige Ihnen die Anlage."

Im Nebenraum saß Angelos vor dem Monitor und bewegte die Kugel der Kameraüberwachung. Zurück zum Sonntag. Halt: es war gestern. Eine Ewigkeit, ein anderes Leben, so kam es ihm vor.

Er spulte zurück bis 30 Minuten vor seiner Ankunft. Zuerst nichts. Sie waren also schon länger in der Wohnung. Stopp! Da kamen sie. Ben und zwei andere Männer. Einer davon übergewichtig. Während der Dicke auf die Türe zuging, stoppten Ben und der Andere. Sie küssten sich innig. Es ließ Angelos kalt. Dass Ben ein Schwein war, wusste er seit gestern. Die drei betraten das Haus. Es dauerte weitere 15 Minuten, bis er selbst eintraf.

Mit entspanntem Gesicht. Tränen stiegen Angelos ins Gesicht. Keine drei Minuten später begann das Martyrium.

„Sind Sie fündig geworden?", fragte der Juwelier. Angelos erschrak, so sehr war er in die Aufnahmen vertieft.

„Ja. Können Sie mir diese Sequenz brennen?" Angelos zeigte dem Juwelier einen Zettel.

Fünf Minuten später verließ Angelos den Laden. Wohin jetzt?, fragte er sich.

Angelos beschloss, zu Siopsis zu gehen. Oder besser gesagt: mit dem Taxi ins Polizeipräsidium zu fahren.

„Sie wollen was? Nach Saloniki? Warum zum Teufel? In ein paar Jahren leiten Sie die Mordkommission hier. Mit vielleicht unter 30. Wo sonst bekommen Sie eine solche Möglichkeit?" Angelos sagte nichts.

„Was ist passiert, Nikakis? Ihre Augen leuchten nicht mehr. Vergessen Sie nicht, ich bin Polizist! Privater Ärger? Deswegen muss man nicht die Stelle wechseln. Welcher Mann ist das wert?"

„Keiner" sagte Angelos und brach in Tränen aus.

Er griff in ein Kuvert und gab Siopsis die Fotos, die der Arzt geschossen hatte.

Siopsis sagte minutenlang nichts und Angelos glaubte, Tränen in dessen Augen sehen zu können.

„Ich weiß nicht, was ich sagen soll. Es muss die Hölle gewesen sein. Gut, Sie selbst dürfen nicht ermitteln, aber ich stelle drei Männer ab, diese … Bestien zu fassen."

Angelos schüttelte den Kopf.

„Es gibt keine Beweise!"

„Und was ist das hier?", fragte Siopsis.

„Der Verteidiger wird sagen, dass hier ein Sex-spielchen außer dem Ruder gelaufen ist. Natürlich mit einer anderen Person!"

Er hat Recht, dachte Siopsis.

„In ganz Griechenland gab es noch nie ein Strafverfahren wegen Vergewaltigung eines Mannes*. Und ich würde vorgeführt, durch die Medien gezogen. Und hier? Die Kollegen würden lachen. Alle. Selbst schuld würde es heißen!"

Angelos ließ den Kopf hängen.

„Sie haben Recht. Ich halte es auch für das Beste, wenn Sie nach Saloniki gehen. Ich spreche mit Kyriakos. Ich werde zu ihm sagen, dass Sie der beste Kommissar Athens sind, aber ein schweres Trauma erlitten haben. Mehr braucht er nicht zu wissen."

„Danke", sagte Angelos leise.

„Aber die Geister werden Sie verfolgen. Gut, so schlau sind Sie selbst!"

Angelos nickte.

„Wir kennen die Identität zumindest eines Vergewaltigers. Die anderen haben sie auch auf dem
Video nicht erkannt? Noch nie gesehen?", fragte
Siopsis. Angelos schüttelte den Kopf.
„Ich verspreche Ihnen, dass dieser Ben keine
ruhige Minute mehr haben wird. Ich hetze ihm die
Steuerfahndung auf den Hals. Ich habe da so
meine Methoden!"
Diese „Methoden" kannte Angelos. Zumindest
hatte er davon gehört. Wurde ein Mörder vor
Gericht freigesprochen, obwohl er mit Sicherheit
schuldig war, ließ Siopsis bei einer Verkehrskontrolle ein Päckchen Kokain in das Auto werfen,
das wenige Sekunden später „entdeckt" wurde.
Sein Arm reichte bis ins Gefängnis. Landete der
Täter im Knast, so wurde er dort einer Sonderbe-
handlung zugeführt.

Dann geschah etwas Ungeheuerliches. Siopsis
versuchte aufzustehen. Er zog seine seitlichen
Fettpolster nach innen, stieß denn Stuhl zurück
und hielt sich am Schreibtisch fest.
„Es kommt nicht oft vor, dass ich für jemanden
aufstehe!"
Er bewegte seine 200 Kilogramm auf Angelos zu
und umarmte ihn.
Kurz zuckte Angelos. Ein elektrischer Schlag. Die
automatische Reaktion eines Vergewaltigungs-
opfers. Keine Berührung, bitte.
„Keine Sorge. Ich habe ihn seit zehn Jahren nicht
mehr gesehen! Fürs Pinkeln brauche ich einen
Katheter. Aber wehe, Sie erzählen es weiter!"
Siopsis lachte laut, dann sagte er:

„Viel Glück, mein Junge. Du wirst den Richtigen finden! Und noch ein Rat: Verschwende die Zeit nicht mit Rachegefühlen. Sie halten das Geschehen lebendig und das darf diesen Schweinen nicht gelingen

Angelos sollte den Richtigen finden.
Es würde noch zwei harte Jahre dauern.
Er würde es nur knapp schaffen.
Seine Rettung trug den Namen Alexandros.
Hauptkommissar Galis auf Mykonos.

6

Zwei Jahre lebte Angelos Nikakis in Saloniki. Nach nur einem Jahr wurde er Leiter der Mordkommission und es gab niemanden, der diese Beförderung in Zweifel zog.
„Er ist außergewöhnlich begabt. Drei komplizierte Morde und eine Entführung hat er mit Bravour gemeistert. Aber er muss etwas wirklich Schlimmes erlebt haben. Ich habe ihn noch nie lächeln gesehen. Und noch nie in Begleitung. Dabei sieht er verdammt gut aus. Unsere Damen waren vom ersten Tag an begeistert. Gut, sie haben schnell bemerkt, dass da von ihm nichts kommt. Aber selbst die männlichen Kollegen nennen ihn ‚Schöner‘, sagte Kyriakos.
Siopsis lachte.

„Aber ich vermisse ihn. Also als Kommissar. Die anderen sind allenfalls …"

„Durchschnitt?"

„Aber nur im besten Fall. Danke, dass du damals mitgespielt hast. Der Junge wäre sonst zerbrochen!"

„Du hast mir einen Gefallen getan, wie sich herausgestellt hat", sagte Kyriakos.

„Das jedoch war nicht meine Absicht", antwortete Siopsis und lachte laut.

„Grüß den ‚Schönen‘ von mir!"

Angelos hatte in den zwei Jahren weder Bekanntschaften, noch Freundschaften geschlossen. Einladungen von Kollegen lehnte er freundlich ab, bis man ihn nicht mehr einlud.

Die Zeit hatte die Wunden nicht geheilt. Wenn ihn der Horror überfiel, griff er zu seinen Opioid-Tabletten, die ihm Erleichterung verschafften. Als Kommissar hatte er natürlich Zugang zu Quellen. Die Herren Drogenhändler waren über die außergewöhnliche Kundschaft zwar überrascht, hofften aber auf nachsichtige Behandlung. Und ja: für „seinen" Händler machte Nikakis eine Ausnahme. Er blieb bei Razzien außen vor.

Ratlos saß Angelos in seinem Appartement, in dem sich praktisch nichts befand. Ein Sessel, ein Fernseher, ein Bett und ein kleiner Tisch. Die wenigen Kleider, die er besaß, lagen auf dem Fußboden. Ja, um sich selbst, besser: sein Äußeres, kümmerte er sich – es war der letzte Widerstand gegen die finale Resignation.

In der kurzen Phase, in der das Opioid die Ober-
hand gewann, beschloss er, fortzufahren.
Ins Ausland konnte er wegen der Tabletten nicht
fahren. Wohin dann? Nicht zu weit.
Mykonos. Nicht, weil es die schwule Insel war.
Angelos´ letzter Sex war seine Vergewaltigung.

7

Mykonos, VOR KNAPP ZWEI JAHREN

Hauptkommissar Alexandros Galis war übelst
gelaunt. Drei Handtaschendiebstähle, zur
Krönung waren es alle Chinesinnen. Die
Lautstärke der Beraubten, der hohe Tonfall und
das Kreischen der Übersetzerin, hatten ihm
nervlich zugesetzt.
„Bleibt am besten zuhause", dachte er. Damit
wäre allen gedient. Auf Mykonos wäre es nicht so
voll und die Kollegen in Peking kämen mit dem
Geschrei sicher besser zurecht.
Als er in Ornos eintraf, wo er wohnte, entfuhr ihm
ein Seufzer. Endlich Ruhe. Und heute hatte er kein
Date mit irgendeinem schwulen Touristen.

Das „Herumturnen", wie Alex es nannte, brachte wirklich nicht viel. Er war 35 und im Grunde genommen auf der Suche nach etwas anderem. Sein Handy brummte.

„Verflucht!"

Es war Giorgios, sein Stellvertreter. Ehrgeizig und dumm wie Brot.

„Chef. Bei der Verkehrskontrolle sind uns fünf ins Netz gegangen. Bei mir passen aber nur vier rein!"

„Und? Dann lass einen laufen, Herrgott. Ich fahre nicht extra zum ‚Scorpio's'!"

„Aber das geht doch nicht. Übrigens ist der fünfte angeblich ein Kollege. Kommissar aus Saloniki. Mit glasigen Augen. Drogen, Klar! Ich habe ihm Papiere und Führerschein abgenommen!"

„Wenn du dich täuscht, ist der Teufel los. Und ich trete dir zusätzlich in den Arsch."

Voller Wut fuhr Alex die gut acht Kilometer bis Paraga.

An der Ausfahrt stand ein weißer Peugeot mit Alamo-Aufkleber. Das musste er sein.

Alex stieg aus, so auch der Kollege aus Saloniki. Und Alex war wie gelähmt. Es war der mit Abstand attraktivste Mann, der ihm je begegnet war. Die Figur eines griechischen Jünglings, fast schwarze Augen …

Alex fing an zu stottern und brachte es nicht fertig, auch nur seinen eigenen Namen über die Lippen zu bringen.

Angelos hingegen fühlte zum ersten Mal seit Jahren ein Kribbeln. Und er lächelte.

Der Herr Kommissar aus Mykonos war keine klassische Schönheit, trotzdem attraktiv – und er hatte Ausstrahlung.

„Da Sie mit Ihrem Namen Schwierigkeiten haben, fange am Besten ich an: Mein Name ist Angelos Nikakis, Kripo Saloniki."

Anstatt ins Krankenhaus zum Drogentest, nahm Alex Angelos mit zu sich.

Eine Woche später heirateten sie.

Keiner hat es je bereut.

Ein Jahr später wurde Angelos Nikakis Bürgermeister der Insel Mykonos.

8

Die zwei Männer saßen im Büro des Chefarztes der Hygeia-Klinik auf Mykonos. Der Eine hatte einen roten Kopf vor Wut. Der Andere konnte nicht mehr weinen.

Chefarzt André Silva, gerade einmal 36 Jahre alt, konnte sich nur mit Mühe beherrschen.

„Du bist ein herzloses Arschloch, Angelos. Wie konntest du nur!"

Angelos Nikakis war Hauptkommissar auf Mykonos und auch noch der Bürgermeister. Sein Ehemann Alex lag zwei Zimmer weiter, noch immer bewusstlos, nachdem er sich eine Überdosis Insulin

gespritzt hatte. Immerhin war Alex außer Lebens-
gefahr.

„Musstest du unbedingt dein blödes Ding
wegstecken? Dort, wo es nicht hingehört?",
brüllte André.

Angelos Nikakis konnte fast nicht mehr sprechen.
Er fühlte sich nur noch leer.

„Du tust so, als wäre ich fremdgegangen. Und das
ist unterste Schublade. Alex wusste davon. ICH
HABE IHN VORHER GEFRAGT! Und er war
einverstanden. Frag ihn, wenn er aufwacht!"

„Das glaubst du wirklich? Kann schon sein, dass
du ihm eingeredet hast, es müsse sein. Wie man
sieht, war er wohl nicht einverstanden. Oder
warum jagt er sich dann die Spritze in den Arm?"

„Wenn er ,nein' gesagt hätte, dann …"

„So etwas muss man nicht sagen, Angelos!"

„Das ist einfach nicht fair. Als hätte ich eine große
Wahl gehabt!"

Was war passiert?

Im Entführungsfall „Prinzessin Safiya" hatte deren
Bruder Khaled Angelos das Leben gerettet, sonst
hätte man Angelos erschossen. Es ging um Sekunden.

Als Dank hatte Khaled sich eine Nacht mit
Angelos gewünscht. Und aus Dankbarkeit hatte
dieser sein Versprechen gehalten.

Aber: er hatte Alex vorher gefragt, ob er einver-
standen sei. Es sei ja nur Sex. Und nur wegen
Khaled war er noch am Leben. Sonst wäre
Angelos jetzt tot – und Alex auch, denn ohne
Angelos hätte der nicht weiterleben können und
wollen.

Und so hatte Alex zugestimmt, aber offensichtlich in der Nacht die Nerven verloren.

Ganz unschuldig war Angelos nicht, denn er war viel zu lang bei Khaled geblieben. Es war eben nicht „nur" Sex gewesen. Khaled hatte Angelos seine Liebe gestanden und der blieb keineswegs ungerührt. Khaled sah traumhaft aus und hatte Ausstrahlung. Dass er als Kronprinz von Fudscheirah auch noch reich war, spielte für Angelos allerdings keine Rolle.

Khaleds Augen leuchteten, wenn er Angelos nur ansah. Und der war mehr als verwirrt. Deshalb hatte er auch die Zeit vollkommen aus dem Blick verloren. Noch dazu hatte Angelos eine SMS von Alex übersehen. Als er sie dann sah, raste er sofort nach Hause und fand Alex bewusstlos im Bett. Und die Ampulle Insulin am Boden. Kommissare wissen, wie man sich umbringt. Fachwissen. Schmerzlos und effektiv.

Gott sei Dank kam André schnell und verfrachtete Alex in die Klinik.

„Ich liebe Alex. Das weiß er. Und ich würde ihn NIE verlassen", sagte Angelos.

„Mag schon sein, dass er es weiß. Aber das schließt nicht aus, dass die Seele rebelliert, wenn die Liebe auf die Probe gestellt wird. Und wenn meine große Liebe mit einem anderen ins Bett steigen würde, dann ..."

„Deine große Liebe, mein lieber André, geht dauernd mit einem anderen ins Bett, nämlich mit mir. Du warst schon immer in Alex verknallt und reagierst deswegen allergisch auf mich", ging Angelos in die Gegenoffensive.

André grinste.

„Vielleicht wird er ja jetzt schlauer!"

„Da bin ich ganz beruhigt. Er liebt nur mich!"

André verdreht die Augen.

„Ganz schön eingebildet!"

„Nein. Wenn Alex mich so liebt, wie ich ihn, bleibt er bei mir!"

Eine Krankenpflegerin klopfte und schaut herein.

„Ist was mit Alex?", fragte Angelos erschrocken.

„Nein, nein. Aber da draußen steht ein Araber und will mit dem Bürgermeister sprechen!"

Khaled. Ausgerechnet jetzt.

„Showtime, Angelos. Nun musst du ihm klipp und klar sagen, zu wem du gehst", sagte André, dem die anstehende Situation schon vorher Spaß zu machen schien. „Und wieso bekommst du gerade einen Schweißausbruch?"

„Vollidiot. Würdest du uns bitte alleine lassen?", fragte Angelos.

„ICH SOLL MEIN BÜRO RÄUMEN FÜR DEIN TETE-A-TETE?", brüllte André.

„Herrgott. Soll ich auf dem Gang mit ihm sprechen? Dann weiß morgen die ganze Insel Bescheid!"

André plusterte sich auf.

„Hier hält sich jeder an das Schweigegebot!"

Angelos lachte.

„Du beschäftigst Frauen. Die können genetisch bedingt nicht schweigen!"

„Frauenfeind. Also gut. Dann schicke ich DEINEN Scheich mal rein!"

Als Khaled den Raum betrat, bekam Angelos eine Gänsehaut. Dein Mann liegt zwei Zimmer weiter, aber du reagierst auf Khaled wie ein Teenager. Ist es nur die Verwirrung? Bin ich verliebt? Hätte das Ganze überhaupt Zukunft?

„Hallo, schöner Mann", sagte Khaled.

Die Begrüßung war so ungewöhnlich nicht, denn sowohl im Rathaus als auch unter den Einwohnern, nannten viele Angelos „Schönling" oder „schöner Mann". Einfach deswegen, weil er es auch war.

„Hallo, Khaled!"

Angelos wusste nicht, wie er mit der Situation umgehen soll, doch Khaled half ihm.

„Angelos. Es tut mir schrecklich leid, dass Alex die Situation so eingeschätzt hat. Ich hatte dich gefragt, ob er einverstanden sei und nach seinem ‚ja' konnte und wollte ich nicht anders. Ich liebe dich und nach dieser Nacht noch viel mehr. Aber ich weiß, dass du deine Dankbarkeit und Verpflichtung gegenüber Alex über deine wahren Gefühle stellst. Denn alles an dir sagt: ich will in Wahrheit Khaled. Das klingt jetzt arrogant, aber dein Körper, deine Augen – senden nur eine Botschaft und die heißt: ich liebe Khaled. Aber manchmal kann man seinen Gefühlen nicht folgen. Oder sie sind nicht eindeutig. Nun ist die Situation so, dass du Alex nicht alleine lassen kannst. Das spricht sehr für deinen Charakter und dafür liebe ich dich noch mehr. Ich werde mich zurückziehen und warten. Ich werde – und ich schwöre dies bei Allah – keinen anderen Mann mehr anfassen, bis du ‚Ja' sagst. Es kann fünf oder zehn Jahre dauern. Aber wenn du bereit bist, bin ich da. Wenn du Hilfe brauchst, werde ich immer an deiner Seite sein. Ich mache mir Vorwürfe, weil ich dich um diese Nacht gebeten habe. Ich hätte es nicht tun sollen, wegen Alex.

Aber: du liebst jemanden, der Lichtjahre entfernt scheint und dann ergibt sich diese Möglichkeit: niemand, der aufrichtig liebt, könnte ‚nein' sagen. Solltest du jetzt sagen, dass du keinerlei Gefühle für mich hast, dann werde ich aus deinem Leben verschwinden. Nur glaube ich das nicht!"

Angelos war noch vollkommen perplex von Khaleds Rede.

„Liebst du mich, Angelos Nikakis?"

Angelos holte tief Luft.

„Ich liebe euch beide. Alex und dich. Und das verwirrt mich. Wie kann so etwas gutgehen? Aber ich kann Alex nicht verlassen, er würde sterben. Er wäre es ja jetzt schon beinahe!"

„Du denkst an andere zuerst und stellst deine Gefühle hintan. Das imponiert mir. Aber ich bitte dich, sag es nur einmal: Khaled, ich liebe dich. Das hält MICH am Leben!"

Herrgott, was will eigentlich jeder von mir? Ich bin nicht Gott. Ich bin nichts Besonderes, eher im Gegenteil. Khaled weiß, dass ich vergewaltigt wurde und es hat ihm nichts ausgemacht. Was zum Teufel mache ich jetzt?

„Khaled, ja, ich liebe auch dich. Ich weiß zwar nicht, wie es funktionieren sollte. Du müsstest auf dein Amt verzichten, dein Land verlassen und wärst der Ehemann eines kleinen Bürgermeisters einer kleinen Insel. Kein Palast mehr, sondern ein kleines Haus", sagte Angelos.

„Du beschreibst gerade meinen Lebenstraum! Und außerdem bekäme ich den schönsten Bürgermeister Griechenlands!"

Angelos musste lachen. Dieser dämliche Wettbewerb in einer Frauenzeitschrift(!) würde ihm noch ewig nachhängen. Dabei hatte er nicht aus Eitelkeit teilgenommen, sondern, um mit dem Preisgeld Computer für die Grundschule anzuschaffen.

„Und ich bekäme den schönsten Scheich der Welt. Und dazu einen König der Worte. Aber ich kann nicht. Ich käme mir schäbig vor. Bitte verstehe es!"

„Sagst du jetzt: ich kann dich nie mehr sehen. Und bitte versuche, mich nicht mehr zu lieben?", fragte Khaled und sein ganzes Gesicht leuchtete. Angelos zögerte und Khaled griff nach seiner Hand. Er bekam einen Elektroschock. Es hatte regelrecht geknistert.

„Nein, das kann ich auch nicht. Ich liebe wahrscheinlich euch beide. Aber ich kann nicht von dir verlangen, dass du auf mich wartest", sagte Angelos zerknirscht.

„Du kannst es verlangen. Und ich werde warten. Ich werde da sein. Du bist mein Traumprinz. Darf ich dich zum Abschied küssen?"

„Ich weiß nicht, ob das hier der angemessene Platz ist. Alex liegt zwei Zimmer weiter!"

Khaled lächelte.

„Du bist ein guter Mensch, Angelos Nikakis!"

Als Khaled sich umdrehte, hielt Angelos ihn am
Arm fest – und küsste ihn leidenschaftlich.
Khaled strahlte vor lauter Glück und ging.
Was ist mit mir? Wie kann ich beide lieben?
Bin ich deswegen ein Schwein?
Ich habe gezittert, als ich Alex im Bett liegen sah.
Ich habe gezittert, als Khaled zur Türe hereinkam.
Das werden grausame Monate.
Wie soll das gutgehen?

9

Du hast echt ein Problem", sagte André, als er wieder in sein Zimmer zurückkam.

„Du hast gelauscht? Dann mach nie mehr auf moralisch", knurrte Angelos.

„Unser schöner Honigtopf wird regelrecht umschwärmt", spöttelte André. „Aber ich muss zugeben, dein Scheich hat was!"

„Khaled ist nicht mein Scheich und sein Geld ist mir egal!"

„Zumindest das glaub´ ich dir. Und jetzt? Willst du Alex sagen, dass du ihn UND Khaled liebst? Dann bestellt er gleich die nächste Ampulle!"

„Nein. Ich werde nichts sagen. Ehrlichkeit bringt einen nicht weiter. Hätte ich Alex nichts von Khaled erzählt, hätte er es nie erfahren und das da wäre nie passiert!" Angelos deutete zur Wand. Drei Meter entfernt lag Alex.

„Du willst ihn anlügen?", fragte André.

„Machen das Ärzte nicht dauernd – zum Wohl der Patienten?", lautete Angelos´ Gegenfrage.

André lachte.

„Schön und wortgewandt, als Scheich machst du dich bestimmt gut! Der erste schwule Emir der Welt. Obwohl: Emir bist du ja jetzt schon. In dieser Inseldiktatur", stichelte André.

„Dann lass doch du dich aufstellen. Und außerdem: ein Arzt sollte helfen und nicht alles verschlimmern", entgegnete Angelos.

„Wir könnten tauschen. Ich nehme Alex und du den Scheich!"

Angelos lachte.

„Das Problem ist, dass Alex dich nicht will. Er will nur mich. Deswegen liegt er ja dort drüben!"

„Armer, verwirrter Kerl, unser Alex!"

„Vielleicht bin ich doch ein Haupttreffer? Für Alex und den Scheich scheine ich es zu sein. Also kann ich so schlecht nicht sein", knurrte Angelos. „Und können wir uns jetzt vielleicht auf Alex konzentrieren?"

André seufzte.

„Ich denke, es ist besser, du sagst erstmal nichts!"

„Dann musst du aber die Klappe halten und deine Leute hier!"

„Und was passiert, wenn Khaled auftaucht?"

„Das wird er nicht. Er hat es versprochen und ich glaube ihm", sagte Angelos.

„Weil du ihn liebst".

„Idiot!"

10

Ivan Petryak war guter Stimmung. Sein Auftraggeber in Kiew, Juri Tsorikov, ebenso. Die organisatorischen Vorbereitungen waren abgeschlossen und das hieß: bald würde das große Geld fließen – richtig großes Geld.

Endlich. Es hatte fünf Monate gedauert, endlos erscheinende fünf Monate, bis sie soweit waren. Angefangen von der Scheinfabrik mit allem Drum und Dran – Schilder, Website und Pro-Forma-Angestellten – bis hin zur amtlichen Genehmigung, für die sie kräftig hatten löhnen müssen. Vor zwei Wochen hatte Ivan den Vertrieb in Griechenland aufgebaut. Von Saloniki über Athen und Mykonos bis hinunter nach Kreta. Die Damen und Herren war alle hellauf begeistert. Petryak hatte mit mehr Widerstand gerechnet, aber offensichtlich hatten die zukünftigen „Vertreter" keinerlei Skrupel. Der Grund war einfach: die Krise hatte gerade diese Branche voll erwischt. Und dann kam noch eine grundlegende Eigenschaft des Menschen hinzu: die Gier. Tsorikov und er hatten Griechenland als „Testmarkt" auserkoren. Erstens sinken in wirt-schaftlich schlechten Zeiten meist die Hemm-schwellen in Sachen Moral und zweitens ging man zu Recht davon aus, dass die Polizei unterbesetzt und korrupt ist. Ein nicht von der Hand zu weisen-des Argument.

Petryak war an Bord von Flug 423 der Aegean Airways von Saloniki nach Mykonos. Und er hatte die erste Warenlieferung dabei. Es war gefahrlos. Bei einem Inlandsflug wurde nicht kontrolliert. Zudem war der Kofferinhalt nicht zwangsläufig ein kriminelles Produkt. Ganz im Gegenteil. Petryak musste lächeln. Man würde ihn eher als Wohltäter ansehen.

Die Maschine befand sich im Landeanflug auf Mykonos. Petryak hatte sich vorgenommen, neben der Arbeit sich auch ein bisschen zu vergnügen. Das Nachtleben in Kiew ließ doch sehr zu wünschen übrig.

Die Maschine steuerte, gegen den Wind, den Flughafen Mykonos an. Und so flog Petryak genau über den Bereich hinweg, den sie für ihr zweites Projekt auserkoren hatten. Wer Geld verdient, muss es investieren, besonders dann, wenn es sich um Schwarzgeld oder Einnahmen aus kriminellen Geschäften handelt.

Und es sollte in dem betreffenden Land bleiben, denn dann fielen alle Kontrollen über Geldflüsse weg. Daher hatten er und Tsorikov geplant, auf Mykonos ein Hotel mit Golfplatz zu errichten. Eine hervorragende Geldwaschanlage, bei der sie nur 20% verlieren würden. Eine deutlich bessere Quote als die üblichen 50%, die das Waschen kostet. Einige Grundstück hatten sie schon gekauft und durch den Golfplatz konnten sie im Hinterland liegen – der fehlende Strandanschluss war ihrer zukünftigen Klientel egal – Hauptsache, sie hatten einen Landeplatz und einen Yacht-hafen in direkter Nähe.

Große Probleme mit den Behörden und der Polizei erwartete Petryak nicht.

Obwohl: zunächst hatte ihn fast der Schlag getroffen, als er erfuhr, dass Angelos Nikakis Kom-missar und Bürgermeister war. Petryak kannte Nikakis. Aber der kannte ihn nicht. Ich muss nur aufpassen, dass ich nicht lache, dachte Petryak. Und dass ich mich an meinen neuen Namen gewöhne.

11

Alexandros Nikakis, Angelos´ Ehemann, war in der grausamen Aufwachphase. Zunächst sah er nur gleißendes, weißes Licht. Dann folgte ein Kurzabriss seines Lebens. Interessanterweise kam zuerst ein Bild von seiner Einschulung und dann ging es weiter mit dem Abend, an dem er Angelos kennenlernte. So, als hätte es ein Dazwischen nicht gegeben. Seine Ehe mit einer Frau? Kein Bild. Die Zeit danach? Ohne Sinn und daher auch ohne Bild. Aber Dutzende von Bildern seiner großen Liebe Angelos. Er spürte, wie ihm warm wurde. Denken konnte er nicht, sonst hätte er sich gefragt, wie es wohl weitergeht. Dann begann sein Gehirn zu arbeiten. Und sofort war dieser Abend wieder präsent, als Angelos zu Khalid fuhr. Ich habe „Ja" gesagt und die erste Stunde war noch alles gut. Aber mit jeder weiteren ging es bergab. Ich bin regelrecht durchgedreht, als Angelos so lange wegblieb. Und bekam Angst, dass er nie mehr kommt. Dabei war das absurd. Es würde nicht zu Angelos passen.

Er liebt mich. Daran gab es keine Zweifel. Und außerdem ist er anständig. Wer hätte in dieser Situation vorher gefragt? Er hat alles erzählt. Ich bin ein Idiot.

Dann erwachte Alex. Und Angelos saß neben seinem Bett und lächelte.

Er nimmt es mir nicht übel, dachte Alex erleichtert.

„Es tut mir leid. Ich hatte Angst!", sagte er.

„Frag mich mal. Du bist ein Spinner. Ich kann Hundert Mal sagen, ich verlasse dich nicht, es kommt nicht an."

„Anfangs ging es ja noch. Dann habe ich mir vorgestellt wie du ... du weißt schon. Als du dann ewig nicht kamst und auch keine Antwort auf die SMS, bin ich durchgedreht!"

Angelos seufzte.

„Na ja, vergessen wir den Tag einfach. Aber sag nie mehr ‚Ja', wenn du ‚Nein' meinst!"

Alex nickte.

„Du bist abhängig von mir. Das ist nicht gut. Weder für dich, noch für mich", sagte Angelos.

Schon kroch die Angst in Alex wieder hoch.

„Was heißt das?"

„Nichts, Herrgott. Außer, dass du mir einen Mühlstein auflädst. Aber da muss ich wohl mit leben", antwortete Angelos und drückte Alex´ Hand.

„Darf ich dich fragen, wie der Abend war?"

„Du quälst dich gerne selbst, oder?"

„Ich ... Offensichtlich!"

„Na gut. Ja. Khaled liebt mich. Und? Wo bin ich gerade? Bei ihm oder bei dir?"

Dann fragte Alex leise: „Habt ihr ...?"

„Ja. Das wusstest du. Und frag jetzt nicht, wie es war. Bei wem bin ich denn jetzt?", sagte Angelos.

„Liebst du ihn?", fragte Alex.

Und Angelos konnte nicht lügen.

„Ich weiß es nicht. Aber er ist weg, nachdem ich ihm gesagt habe, dass ich bei dir bleibe!"

„Bleibst du, weil du mich liebst oder eher aus Dankbarkeit?", fragte Alex mit leiser Stimme.

„Wenn du die Antwort nicht weißt, waren die zwei Jahre für die Katz´!"

„Sei bitte nicht sauer. Es war eine schreckliche Situation für mich. Ich habe nicht vorausgesehen, dass es in mir hochkocht!"

„Deswegen hatte ich dich vorher gefragt. Aber lass es uns vergessen. Du wirst wieder gesund. In drei Tagen kannst du nach Hause. Und ich besuche dich jeden Tag!", sagte Angelos und lächelte.

„Das nächste Mal, wenn ich mit einem anderen schlafe, frage ich dich nicht vorher!"

Alex entgleiste das Gesicht.

„DAS WAR EIN SCHERZ!"

Als Angelos die Klinik verließ, fühlte er sich schlecht. Die Lage war viel komplizierter als er Alex sagen konnte. Aber er wusste, dass er bei Alex bleiben würde.

Ich liebe ihn.

Ich liebe noch einen anderen.

Aber der war weg, also …

12

Anastasios Donis war Hausmeister im „Kouros" am Hang von Tagoo, dem Stadtteil zwischen Chora und Hafen.

Die übelste Arbeit war das Reinigen des Pools. Das verfluchte Sieb am Boden musste regelmäßig gesäubert werden und der Stab mit Haken war gesplittert. Der Neue sollte schon seit zwei Wochen da sein, aber … Also musste Anastasios tauchen. Als Raucher eine schwierige Übung.

Er seufzte, holte Luft und tauchte unter.

Er hatte gerade einen Zug gemacht, da sah er, dass im Eck etwas lag. Zunächst dachte er, es sei ein Hund. Anastasios tauchte auf, holte erneut Luft und glitt wieder unter Wasser.

Jetzt konnte er das „Etwas" genauer sehen. Es war eine Leiche.

Wasserleichen treiben NIE auf dem Wasser oder besser gesagt: nur im Film. Ansonsten läuft durch die Körperöffnungen so viel Wasser, dass dieser nach spätestens drei Minuten untergeht und auf dem Grund liegenbleibt. Lediglich die Meeresströmung kann dafür sorgen, dass bei ansteigendem Grund am Strand manch Schwimmer gegen eine Leiche prallt. Aber in einem Pool ist mit Meeresströmung nicht zu rechnen. Und so lag Irini Nati auf dem Grund des Schwimmbeckens. Und Anastasios brauchte dringend einen Ouzo.

Zwölf Stunden vorher

Irini Nati stand im Badezimmer und duschte den imaginären Dreck weg. Noch immer fühlte sie sich nach jedem Freier irgendwie beschmutzt. Auch wenn ihre Kunden durchaus zur begüterten Klasse gehören. Leider neigen die Herren der Oberschicht, die sich immer und überall adäquat benehmen müssen, mitunter dazu, bei Huren all das herauszulassen, was sie sonst unterdrücken müssen. Ihre Brutalität, ihre Primitivität und mitunter psychopathische Verhaltensmuster. Je neureicher, desto schlimmer. Und vor allem: je östlicher, desto primitiver.
Ja, ich bin Rassist, dachte Irini. Und zwar aus Erfahrung. Als Hure ist man bei Russen, Ukrainern und Arabern auf der Hut, was oft nichts nützt. Wird man verprügelt, nutzt auch das anschließende Schweigegeld nichts. Durch die Verunstaltungen war man für Wochen aus dem Geschäft. Zur Vermeidung dieser Umstände trug Irini immer eine Waffe bei sich. Eine kleine. Ladylike sozusagen.
Ihr heutiger Freier Ivan gehörte zum gemäßigten Kundenkreis. Borniert, hochnäsig, aber immerhin nicht gewalttätig.
Ich habe es hinter mir, dachte Irini.
Es war nur Irinis Nebentätigkeit. Im normalen Leben war sie PTA – pharmazeutisch-technische Assistentin, früher Apothekengehilfin. Sie lachte

über die neue Berufsbezeichnung. Warum nannte man Prostituierte dann nicht Hormonpflegekraft? Irini blieb nichts anderes übrig. Ihr Gehalt war niedrig und auf einer teuren Insel wie Mykonos konnte man ohne Zuverdienst nicht überleben. Und wenn man schon einen zweiten Job braucht – dann gleich einen richtigen. Ihre Chefin in der Apotheke wusste davon natürlich nichts.

Irini verließ das Bad und lächelte Ivan an.

„Your turn", sagte sie und Ivan ging unter die Dusche. Nun noch warten, bis der Herr wieder aus dem Bad kommt, dann kassieren und weg.

Sie ging auf den Balkon, um eine Zigarette zu rauchen.

Was liegt denn da auf dem Tisch, fragte sie sich. Sie öffnete die Mappe und sah mehrere Papiere und einige Pläne. Über allen Seiten stand: Projekt Golfhotel. Die Karten zeigten das Gebiet südlich des Staudammes. Interessant, dachte Irini.

Leider registrierte Irini nicht, dass Ivan die Türe geöffnet hatte und sah, dass Irini die Papiere las.

Die Folge ihrer Neugier war, dass sie am nächsten Morgen ein unfreiwilliges Bad im Pool nehmen musste.

13

Nur zögernd betrat Alex ihr gemeinsames Haus.

Wie bei mir damals, dachte Angelos. Ich konnte nach der Vergewaltigung die Wohnung auch nicht mehr betreten. Ich habe alles zurückgelassen, Hauptsache, ich musste nicht mehr zurück. War wahrscheinlich ohnehin alles verbrannt. Traumata – damit kannte sich Angelos aus und deswegen wusste er genau, was in Alex vorging. Zwar war Angelos Opfer und Alex im Grunde genommen Täter – aber ist ein Selbstmörder nicht beides in Personalunion?

„Espresso, arkoudaki-mou?", fragte Angelos.

„Ja, bitte!"

Alex sah sich in der Küche um. Reiß dich zusammen, sagte er zu sich.

„Willkommen zuhause. Lass uns die ganze Entführungs- und Prinzgeschichte vergessen. Ich weiß schon, dass es am Anfang schwer wird. Aber das kriegen wir zusammen hin. Wir haben bisher alles zusammen überstanden", sagte Angelos und griff nach Alex´ Hand.

„Ich weiß nicht, ob ich ins Schlafzimmer hochkann. Es ist für mich wie ein Tatort", sagte Alex.

„Was meinst du? Du kannst nicht mehr mit mir schlafen, weil ich mit einem anderen geschlafen habe? Oder meinst du nur den Raum?", fragte Angelos ruhig.

„Quatsch. Ich könnte überhaupt nicht mit einem anderen …, ach, wir wollten das doch lassen.

Nein, ich meine tatsächlich den Raum. Ich weiß, es klingt lächerlich!"

Angelos lachte, was Alex irritierte.

„Überhaupt nicht. Komm einfach mit!"

Angelos zog Alex die Treppe hoch und schob ihn ins Schlafzimmer.

Alex traf fast der Schlag.

In nur zwei Tagen hatte Angelos das gesamte Schlafzimmer gestrichen und umgeräumt. Und ein neues Bett aufgebaut.

„Und? Erinnert noch irgendetwas an vorher?"

„Nein", sagte Alex und strahlte. Es war nicht nur anders, sondern viel schöner.

Er muss gearbeitet haben wie ein Tier, dachte Alex. Und das alleine.

„Danke", sagte Alex leise, mit Kloß im Hals.

„Gern geschehen. Teil 1 der Eingewöhnung Und jetzt kommt Teil 2. Ausziehen!"

Eine Stunde später war Alex so glücklich wie man nur sein konnte.

Ich kann – besser als jeder andere – verstehen, wieso der dusselige Prinz sich in Angelos verliebt hatte. Es ist eben nicht nur sein Aussehen und seine Intelligenz, sondern seine Empathie. Er scheint immer zu wissen, was der andere fühlt und braucht.

Was hingegen Angelos nicht brauchte, war das brummende Handy.

„Wenigstens rufen sie nicht während des Sex´ an", knurrte Angelos.

Es war Giorgios, Angelos´ Mädchen für alles im Rathaus, in dem auch die normale Polizei untergebracht war. Diese war aber nur für den Straßenverkehr und Kleinkriminalität zuständig. Alles darüber hinaus war Sache von Angelos und Alex, schließlich waren beide Kriminalkommissare. Alex stammte von Mykonos, Angelos kam aus Saloniki.

„Chef, es gibt eine Leiche im ‚Kouros'. Im Pool!"

„Hat man sie schon herausgeholt?", fragte Angelos.

„Nein. Sie haben sich nicht getraut. Falls noch Spuren an der Leiche sind", sagte Giorgios.

„Spuren an einer Wasserleiche? Wie blöd kann man denn sein? Heißt, ich muss die Badehose einpacken?"

„Sie können natürlich auch nackt rein. Die Gäste würden sich freuen", antwortete Giorgios in einem Anfall von Respektlosigkeit.

„Doofkopf. Vergiss deine Beförderung", knurrte Angelos, musste aber dann selbst lachen.

„Anziehen, Alex! Eine Leiche im Pool und wir müssen sie selbst rausholen. Wo sind die Badehosen?"

„Du kannst doch auch nackt rein. Die Gäste würden …"

„Klappe!"

14

Stela Kotsaki fluchte seit Stunden.

Wo bleibt diese dumme Kuh nur, fragte sie sich.
Nichts als Ärger mit Irini. Andererseits: wer arbeitet
schon für so wenig Geld? Seit Beginn der Krise
können sich viele Menschen ihre Medikamente
nicht mehr leisten. Diabetiker, die ihr Insulin über
das Internet bestellen müssen, denn sie können
sich nur Pharmazeutika aus Pakistan oder den
Philippinen bezahlen.

Der Umsatz von Kotsakis Apotheke lag 30% unter
dem Niveau von 2008. Im Grunde genommen
hätte sie Irini schon längst entlassen müssen.
Stattdessen nahm Irini eine Kürzung des Gehaltes
hin. Was blieb ihr auch übrig als PTA? Bedarf auf
Mykonos: Null.

Doch es war Licht am Tunnel. Bisher hing Kotsakis
Umsatz von einer Krankheit ab: Krebs. Und den
paar Krebskranken auf den Inseln. Meist sind es
Privatpatienten. Reiche, die auf Mykonos Therapie
und Erholung kombinieren.

Jetzt endlich war es soweit. Nach monatelanger
Vorbereitung war der Vertrieb über das Internet
soweit vorbereitet, dass er an den Start gehen
konnte.

Die ersten Bestellungen waren schon einge-
gangen und hatten Kotsaki so euphorisch werden
lassen, als hätte sie gerade ihren ersten Sex
gehabt.

Das Zauberwort hieß: Atdivo. Alle zwei Wochen
brauchen die Patienten dieses Medikament.

Macht 8.000 Euro pro Monat. Wenn der Patient noch ein Jahr lebt 96.000 Euro. Bisher habe ich gerade mal 4 Prozent Gewinn pro Jahr. Und ein Großteil der Patienten starb innerhalb der Jahresfrist.

Nun aber taten sich ganz andere Verdienst-möglichkeiten auf. Ein ukrainisches Unternehmen importiert das Medikament aus Pakistan. Für lächerliche 500 Euro. Macht grob einen Gewinn von 3.500 Euro pro Packung. Das Pharmaunter-nehmen aus Kiew erhält die Hälfte, der Rest wandert in meine Kassen, freute sich Stela.

Und sie übernahmen auch die Werbung für die Internet-Apotheke. Der Versand läuft problemlos. Die Zollbehörden in den Zielländern sind schlicht überfordert. Zu viele Päckchen und Pakete.

Stela Kotsaki träumte von zukünftigem Luxus. Wenn nur endlich Irini käme, dann könnte ich die Bestellungen aus dem Netz fertigmachen.

Doch Irini sollte nie mehr einen Fuß in Kotsakis Apotheke setzen. Ihr war mit Medikamenten nicht mehr zu helfen.

15

Angelos schnappte nach Luft.

„Himmel. Gott sei Dank ist es eine Frau. Nicht zu glauben, was ein paar Klamotten wiegen, wenn sie voller Wasser sind!"

Widerwillig zog der Hausmeister die Leiche auf die Steinplatten.

„Würdest du mir bitte helfen und nicht nur im Stuhl sitzen?", knurrte Angelos.

„Ich kann nicht", sagte Alex.

„Warum nicht?"

„Deswegen", sagte Alex und legte die Zeitung weg, die er aber nicht gelesen hatte.

Angelos begann schallend zu lachen.

„Das gibt´s doch nicht. Wir hatten vor zwei Stunden Sex und du …"

„Wäre es dir lieber, ich bekäme keine, du weißt schon?", sagte Alex leise.

„EREKTION", sagte Angelos so laut, dass es jeder hören konnte.

„Dabei habe ich eine Badehose an!", meinte Angelos, noch immer lachend.

„Junges Ding, keine dreißig. Hotelgast?", fragte Angelos den Manager, dem der Leichenfund schwer aufs Gemüt geschlagen war. Nicht aus Mitgefühl, sondern wegen seiner Gäste, die den Pool bis zum nächsten Tag nicht nutzen konnten. Was allein das Wasseraustauschen kosten würde! Angelos wusste genau, was der Manager dachte.

„Das Wasser müssen sie bis morgen drinlassen, denn wir brauchen Laborproben. Und der Mitarbeiter kommt erst morgen!", sagte Angelos gespielt ernst.

Der Manager bekam einen roten Kopf.

„Und wo sollen meine Gäste baden?"

„Wie wäre es mit dem Meer?", lautete Angelos´ Antwort.

Alex nahm Angelos zur Seite.

„Was faselst du da von einer Laborprobe?"

„Lass mich doch. Ich will den nur ärgern. Der hat kein Funken Mitgefühl. Geldgeier" flüsterte Angelos und Alex begann zu lachen.

„Ich nehme an, die Frau war kein Hotelgast", sagte Angelos.

„Nein. Nie gesehen. Die kommt von außen", knurrte der Manager, noch immer sauer wegen der „Laborprobe".

„Sie war auch abends nicht im Hotel? Als Gast eines Gastes? Dann hat sie vielleicht der Nachtportier gesehen? Wissen Sie, ich glaube nicht, dass ein Mörder eine Leiche einfach in den nächstbesten Pool wirft. Vor allem dann nicht, wenn er sich und die Leiche über eine Mauer bugsieren muss!"

Angelos zeigte auf die Mauer, die den ganzen Badebereich umschloss.

Der Manager wusste nicht, was er sagen sollte.

„Gut. Dann sind wir uns einig. Ich bekomme dann von Ihnen den Namen des Nachtportiers. Und eine Liste der Männer, die Einzelreisende sind!", sagte Angelos.

„Das ‚Kouros' ist eines der besten Hotels der Insel und kein Stundenhotel. Unsere Gäste bestellen keine Prostituierten!"

„Aber vielleicht einen Callboy", bemerkte Angelos, der wusste, dass der Manager guter Kunde einer örtlichen Escort-Agentur war.

Noch röter kann ein Kopf nicht werden, dachte Alex. Köstlich.

„Gut. Sie schicken mir dann die Liste", sagte Angelos und machte sich daran zu gehen.

„HAALT! Und was passiert mit der Leiche?", rief der Manager.

„Die bleibt liegen, bis der Krankenwagen sie in die Pathologie bringt", was ‚in die Klinik' bedeutete.

„Die muss weg da!", sagte der Manager aufgebracht.

„'Die' war bis gestern ein menschliches Wesen, Sie Arschloch!", antwortete Angelos.

Im Gehen sagte Alex:

„So wirst du nicht wiedergewählt!"

„Wer sagt, dass ich das will? Was ist nur mit den Menschen los? Als wäre eine Leiche ein Stück Müll!", schimpfte Angelos.

„Alex, ich muss ins Rathaus. Kümmerst du dich um die Leiche und schaust die Vermisstenmeldungen durch? Ist noch ein bisschen früh, aber …"

„Wird erledigt, mein Emir", sagte Alex lächelnd. Kurz zuckte Angelos, aber während der Entführung der Prinzessin hatte er sich den Spitznamen „Emir" eingehandelt. Mit Khaled hatte es nichts zu tun. Und er wollte Alex auch nicht verbieten, den „Emir" zu verwenden, sonst würde die ganze Angelegenheit wieder hochkochen.

Ganz vorbei war die Sache aber noch nicht. Angelos hatte beim Sex kurzzeitig an Khaled gedacht. Bitte verlasse meinen Kopf, dachte er.

16

Angelos Nikakis lief die Uferpromenade entlang zum Rathaus. Als er die Türe öffnete, hörte er Giorgios sagen: „Du, ich muss Schluss machen, der Emir kommt gerade!"
„Der Emir hätte gerne einen Espresso und sei froh, dass ich kein echter Emir bin. Der würde dich jetzt auspeitschen lassen", sagte Angelos grinsend.
„Ich befürchte, das Lachen vergeht Ihnen gleich. Das Büro des Premierministers hat angerufen!"
Und das ließ nichts Gutes erahnen. Aus Athen kam grundsätzlich nur Ärger. Daran änderte auch die Tatsache nichts, dass Angelos und der Premierminister sich gut kannten und ‚per du' waren.
„Ein toller Tag. Erst eine Leiche und jetzt auch noch Migiakis. Wäre ich nur nicht aufgestanden", stöhnte Angelos.
Im Bürgermeisterbüro griff Angelos widerwillig zum Telefon.
„Ah, der Emir von Mykonos", sagte Premier Antonis Migiakis zur Begrüßung.
„Was will der oberste Verbrecher des Landes von der Leuchtgestalt der Kykladen?"

Migiakis lachte.

„Bescheiden wie immer. Hör zu. Der ukrainische Botschafter war bei mir. Er hat einen Investor, der zwölf Resorts im ganzen Land bauen will. Und er hat um meine Unterstützung gebeten. Der Investor macht gerade seine Runde und käme morgen nach Mykonos!"

„Ein Resort? Haben wir nicht schon genug Hotels auf der Insel?"

„Nein. Wir brauchen mehr Investoren von außen. Der Tourismus ist unser größtes Kapital und der einzige Wachstumsmarkt. Also tu mir den Gefallen und hör dir die Pläne wenigstens an!"

„Ich habe überhaupt keine freien Flächen mehr, außer im Naturschutzgebiet im Osten und da …"

„Darf ich dich daran erinnern, dass Mykonos kein einziges Flüchtlingsboot abbekommen hat und warum das so ist? Mich wundert, dass die Medien noch nie nachgefragt haben", sagte Migiakis.

Angelos wusste, dass Migiakis diesen Punkt ansprechen würde. Tatsächlich wurden Samos und Lesbos von Flüchtlingen überschwemmt, aber seltsamerweise schaffte es kein Boot bis Mykonos. Natürlich lagen Samos und Lesbos näher an der türkischen Küste, dennoch hätte auch Mykonos „seinen" Anteil abbekommen müssen. Denn der Schutzschirm der Marine sollte nur Athen und Piräus vor Flüchtlingsschiffen bewahren. Aber Angelos hatte Migiakis gebeten, die Linie etwas nach Süden auszudehnen, um das relativ kleine Mykonos zu schützen. Flüchtlingsboote auf Mykonos wären ein Desaster. Die betuchten Gäste der Stadt wollen kein Elend sehen. Dieses

Argument zählte in Angelos´ Augen nicht. Aber als Bürgermeister hatte er ein anderes Problem im Blick. Wo sollte man auf einer komplett bebauten Insel Zelte für Flüchtlinge aufstellen?

„Ich erinnere mich sehr wohl. Aber ohne die Steuern meiner Insel sähe es in Athen noch finsterer aus", hielt Angelos dagegen.

„Dann sind wir uns einig, dass du den Herrn empfängst und dir das Ganze wohlwollend anhörst", sagte Migiakis.

„Ach, eines hab ich vergessen. Die Resorts sollen alle über einen Golfplatz verfügen!"

„SPINNT IHR JETZT GANZ?? Ich habe nicht mal genügend Wasser für die Bevölkerung und die Touristen. Und dann soll ich Wasser bereitstellen für einige Idioten, die bei 40 Grad Golf spielen wollen?". Angelos regte sich furchtbar auf. Tatsächlich war Mykonos mit jedem Jahr trockener geworden. Ab Mitte August war man auf Tankschiffe angewiesen, aber deren Wasser roch so übel, dass man beim Duschen die Nase verzog.

„Stell dich nicht an. Der Investor weiß, wie heiß Griechenland ist. Das Wasser lässt er mit Tankschiffen anliefern", sagte Migiakis.

„Und die Tankschiffe haben Segelantrieb? Diese Stinkwannen verpesten die Luft und das Schweröl das Meer. Ich kann doch nicht die Zahl der Kreuzfahrtschiffe begrenzen und auf der anderen Seite jeden dritten Tag ein Tankschiff anlanden lassen. Und dann der Transport auf der Insel!"

„Golfplatz oder Flüchtlinge?", fragte Migiakis süffisant.

„Du bist ein mieser Ganove", sagte Angelos. „Danke für die Blumen. Ach, noch etwas. Ein Vögelchen hat mir gezwitschert, du hättest dich mit dem Kronprinzen von Fudscheirah recht gut verstanden?"

Woher zum Teufel wusste Migiakis das?

„Gut verstanden ist falsch. Ich habe mit ihm geschlafen. Ende des Gesprächs!"

Natürlich war es eine Illusion gewesen. Zu denken, dass es niemand mitbekommen hatte, dass er und Khaled sich nahegekommen waren. Jeder im Hotel wusste, dass der Bürgermeister in der Suite des Kronprinzen übernachtet hatte.

Hoffentlich zieht niemand Alex damit auf, dachte Angelos.

Das Handy brummte. Alex.

„Ich habe ein Problem, Großer. André hält es für einen natürlichen Tod. Keine äußerlichen Spuren. Und im Blut kein Gift oder irgendetwas Verdächtiges!"

„Klar. Die Frau ist über die Mauer geklettert und hat sich dann im Pool ertränkt. Bist du noch in der Klinik?"

„Ja!"

„Ich komme hoch!"

Was hieß, durch das Chinesen-Getümmel zum Parkplatz zu laufen und dann über die Umgehungsstraße hoch zur Hygeia-Klinik zu fahren.

Beim Verlassen des Rathauses rief Giorgios Angelos hinterher: „Ach Chef, noch eines. Vorhin hat ein Herr angerufen und ich soll Sie grüßen!"

„Und wer bitte?", fragte Angelos.

Giorgios schaute auf seinen Zettel.

„Ein Herr Fudscheirah!"
Angelos fiel der Schlüssel aus der Hand.
Hatte Giorgios nicht gerade gegrinst?
Nein, ich rufe nicht zurück.

17

Alex wartete am Eingang.
„Und was passiert, wenn ich recht habe?
Dann bin ich wieder der arrogante Arsch",
sagte Angelos, der keine Lust auf eine weitere
Auseinandersetzung hatte.
„Du bist Kommissar. Es muss dir egal sein, was
andere sagen. Wenn du recht hast, hast du recht.
Basta", antwortete Alex.
„Dein Gefühl bei der Sache?"
„Keine Ahnung. Ich kann mir auch nicht vorstellen,
dass jemand über eine Mauer klettert, um sich in
einem Pool zu ertränken. Aber wenn nichts auf
einen Mord hindeutet?"
„Na dann auf in den Kampf."
Andrés Begrüßung war unterkühlt. Dass Alex
Angelos alles verziehen hatte, war ihm uner-
klärlich.
Die Frauenleiche lag auf dem Chromtisch.
„Ich sage dir doch, da ist nichts. Kleiner Bluterguss
am Hals und ein blaues Auge. Beides ist sicher
nicht tödlich!"

„Können wir den Körper bitte drehen?", fragte Angelos und besah sich die Rückseite des Schädels. Er murmelte. „C1".

„Hast du eine Lupe?", fragte er. Dann tastete er den Hinterkopf ab.

„Und was sagt der Herr Oberpathologe?", fragte André mit sarkastischem Ton.

„Herrgott, André, Angelos macht nur seinen Job", sagte Alex.

„Er macht MEINEN Job!"

Angelos schnappte sich das Papier mit den Laborergebnissen an.

„Alex, schau dir den INR-Wert an!"

„Dickblüter" sagte Alex.

Angelos nickte.

„Also, André. Die Frau ist definitiv ermordet worden. Wenn du röntgest, siehst du es. Der Täter hat sie nicht erwürgt, sonst würde man Würge-male sehen. Er hat ihr ein Handtuch um den Hals gelegt, aber nicht straff zugezogen, sondern den Kopf mit dem Tuch hochgezogen.

Die Frau konnte sich nicht wehren, weil sie vorher einen Faustschlag ins Gesicht bekam. Beide Atlaswirbel sind gebrochen. Und es sind nur win-zige Blutergüsse zu sehen, weil die Frau einen INR von 0,7 hat. Deutlich dickeres Blut als normal, daher kann es keine großen blauen Flecke geben."

Alex musste grinsen.

„Man nennt das die ‚ukrainische Krawatte'! Schwer zu erkennen. Wir hatten in Saloniki zwei Fälle", sagte Angelos.

André schob den Tisch mit der Leiche aus dem Raum.

„Was war jetzt bitte falsch?", fragte Angelos.

„Nichts. Du hast lediglich etwas erklärt. Aber ich ziehe meinen Hut. Mir wären weder die Wirbel noch der Blutwert aufgefallen. Und ich bin auch Kommissar, aber offensichtlich kein guter", sagte Alex mit einem Lächeln.

„Quatsch. Du hattest einfach keine Leichen mit diesen Symptomen. Und es gibt keine Rundmails über neue Tötungsmethoden. Fortbildung kennt man bei der Kripo nicht. Außer durch eigenes Erleben!"

André kam zurück.

„Es stinkt mir gewaltig. Aber du hast recht. Auf dem Röntgenschirm sieht man es", gab André zu.

„Dann müssen wir nur noch herausfinden, wer zum Teufel das ist", sagte Angelos.

18

Um 20 Uhr rief im Haus der Herren Nikakis eine Frau an.

Sie vermisste eine ihrer Mitarbeiterin. Sie hatte sich gestern nicht abgemeldet und war heute nicht zum Dienst erschienen.

„Und wie heißt ihre Angestellte?"

„Irini Nati. 26 Jahre alt."

Kommt hin, dachte Angelos. „Moment, bitte!"
„Alex, check doch mal den Namen Irini Nati bei Facebook und Instagram. Jetzt bin ich wieder da!"

„Hauptberuflich arbeitet sie in der Apotheke bei Kotsaki, an der Straße Richtung Flughafen", sagte die Anruferin.

„Ich bin ein wenig verwirrt. Die Tätigkeit für Sie war also eine Nebentätigkeit?"

„Äh, ja. Wobei ich denke, sie hat bei mir mehr Geld verdient!"

Angelos schmunzelte.

„Und womit verdienen Sie und Irini Ihr Geld?"

„Ich betreibe eine Escort-Agentur. Aber eine seriöse. Sie war eine meiner weiblichen Mitarbeiter!"

Ok, dachte Angelos. Die „Arbeit" besteht aus Blasen und Ficken. Vorher vielleicht ein Abendessen. Der Klassiker „Oper" fällt auf Mykonos flach. Alex winkte und nickte mit dem Kopf. Sie war es.

„Natürlich. Eine Frau ist in den seltensten Fällen der Zuhälter! Aber eine Art Provision kassieren Sie schon, oder?"

Die Dame wurde schnippisch.

„Was glauben Sie, was das Marketing und die Akquise kosten? Und, Herr Bürgermeister, ob Sie es glauben oder nicht, ich bin eine der Wenigen, die ihre Steuern korrekt bezahlt!"

Angelos hätte beinahe losgelacht. Marketing. Akquise. Köstlich.

„Und Ihre Mitarbeiterinnen müssen sich nach ihrem Einsatz zurückmelden?", fragte Angelos.

„Ja. Sie müssen immer eine Nachricht über What´s app schicken. Zu ihrer Sicherheit. Die Kunden bekommen es vorher gesagt, damit sie nicht auf dumme Gedanken kommen", sagte die Dame von der Escort-Agentur.

„Dann habe ich eine schlechte Nachricht. Ihre Mitarbeiterin ist tot. Das Gesicht der Leiche ist das von Irinis Facebook-Account!"

Es war still am Telefon.

„Gut. Wir müssen mit Ihnen sprechen. Wo ist denn Ihr Büro?"

„Äh, ich habe kein Büro. Ich arbeite am Flughafen. Ich würde vorschlagen, wir treffen uns im ,Burro'?"

Angelos schmunzelte.

„Gut. Passt Ihnen morgen Mittag um zwölf? Da haben Sie bestimmt Mittagspause!"

„Kein Grund auf mich herabzusehen. Nicht jeder hat das Glück, die Nacht mit einem Kronprinzen zu verbringen!"

Das saß.

Es verschlug Angelos die Sprache.

Habe ich eine Pressemeldung herausgegeben?

„Manchmal regt mich diese Insel und ihr Getratsche furchtbar auf", knurrte er.

„Wieso?", fragte Alex.

„Ach, vergiss es!"

„Ok, dann müssen wir morgen mit der einen Chefin von Irini sprechen und dann mit der zweiten aus der Apotheke. Unser totes Mädchen war PTA und HFK in Personalunion!"

„Was bitte?"

„Pharmazeutisch-technische Assistentin und Hormonsenkungs-Fachkraft!"

„Sie war Prostituierte?", fragte Alex ungläubig.

Angelos´ Handy brummte. Auf dem Display stand: „Mitteilung erhalten von Khaled."

Angelos bekam eine Gänsehaut. Er wollte mich doch in Ruhe lassen. So kann ich ihn nicht vergessen. Aber will ich das überhaupt?

Er öffnete die SMS.

HALLO MEIN TRAUMPRINZ. SORRY, ABER ICH KANN DICH NICHT VERGESSEN. MORGEN EIN GEMEINSAMER ESPRESSO? KEINE ANGST. MIR REICHT ES, DICH ZU SEHEN. BITTE! LIEBE DICH. KHALED.

Oh Gott, dachte Angelos. Was soll ich tun? Ich will niemand verletzen. Weder Alex noch Khaled.

Dass Khaled Prinz war und ihm ein luxuriöses Leben bot, spielte für Angelos keine Rolle. Es ging allein um Gefühle. Und unerwidert blieb Khaleds Liebe nicht.

Angelos seufzte.

HALLO KHALED. MACH ES MIR BITTE NICHT SCHWERER. ABER WIR KÖNNEN UNS TREFFEN. MEHR GEHT NICHT. ANGELOS.

Die Antwort kam sofort.

VERSTEHE ICH. WIE GESAGT, ICH WARTE. ABER ES IST GRAUSAM. AUF MEINER YACHT UM VIER. DANN SIEHT UNS KEINER! DANKE. KÖNNTE SCHREIEN VOR FREUDE.

Himmel, was soll ich tun? Yacht bedeutet: er erwartet vielleicht Küssen und Sex. Geht nicht.

Aber dann schrieb Angelos.

KEIN KÜSSEN, KEIN SEX. BITTE VERSTEH. ABER ICH
KOMME. FREUE MICH AUCH.
Wieso schreibe ich, dass ich mich freue?
Weil ich es tue.

19

Eleni Markou sah nichts im Geringsten wie eine
Zuhälterin aus, denn im Prinzip war die Chefin
einer Escort-Agentur nichts anderes, seman-
tische Verrenkungen hin und her.
Ihr Aussehen entsprach eher dem einer ganz
normalen Frau, nicht besonders schön, nicht
besonders auffällig gekleidet.
„Guten Tag, Herr Bürgermeister", sagte Frau
Markou mit eisigem Gesicht.
„Ich werde mich nicht rechtfertigen für meine
Tätigkeit", sagte sie gleich zu Beginn.
„Ist das Ihre größte Sorge? Eine Ihrer Mitarbeiterinnen ist ermordet worden, die anderen
womöglich in Gefahr. Das sollte wichtiger sein als
Ihr Ruf", begann Angelos.
„Natürlich ist das mit Irini schrecklich. Sie war ein
nettes Mädchen. Und die Kunden waren mehr als
zufrieden mit ihr. Ein Ersatz wird schwierig",
entgegnete Eleni.

„Ersatz? Irini ist noch nicht einmal beerdigt, Herrgott", sagte Alex, dem auch langsam der Kamm schwoll.

Eleni sagte nichts mehr.

„Gut. Dann machen wir das jetzt anders. Wir werden auf den Seiten der Kommune über den Mordfall berichten und die Tatsache, dass das Opfer für Ihre Agentur gearbeitet hat. Ihr Arbeitgeber wird davon sicher nicht begeistert sein. Ihre Familie und das Umfeld noch weniger. Außerdem werden danach Ihre ‚Mädchen' reihenweise abspringen. Die Kunden auch. Dann lasse ich die Steuerfahndung antanzen. Aber es geht auch anders: Ich bekomme eine Liste Ihrer Mädchen. Und ferner eine Liste der ‚Einsätze' von Irini. Vom Mordtag und den Tagen vorher. Und da Irinis Familie kein Geld hat, werden Sie die Beerdigung bezahlen", sagte Angelos.

„Die Listen sind heute Abend bei mir. Komm, Alex, wir gehen!"

Eleni Markou blieb mit offenstehendem Mund zurück.

„Blöde Kuh", knurrte Angelos, als sie ins Auto einstiegen.

„Wieder eine Stimme weniger", antwortete Alex grinsend.

„Was ist nur mit diesen Menschen los? Geld zählt mehr als ein Leben", regte sich Angelos auf.

„Mein Emir, du bist auf Mykonos", meinte Alex.

Auch die nächste Vernehmung verlief ähnlich. Stela Kotsaki, Inhaberin einer Apotheke in der Nähe des Flughafens, schien mehr entsetzt darüber, dass ihr eine Arbeitskraft verloren ging.

„Alex, mach du das bitte. Ich kann mich sonst nicht zurückhalten. Danke", sagte Angelos und ging zurück zum Auto.

„Ausgerechnet jetzt, wo ich viel mehr zu tun habe", jammerte Kotsaki.

„Dann müssen Sie halt selbst mehr arbeiten. Ist ja auch Ihr Geschäft. Außerdem gibt es genügend PTAs, die arbeitslos sind", erwiderte Alex.

„Aber bis die eingearbeitet sind. Gut, ich hätte sie sowieso entlassen müssen. Meine Angestellte eine Prostituierte! Unfassbar!"

„Die Personalunterlagen bräuchten wir bitte. Gehaltsabrechnungen, Sozialversicherung und so weiter!"

Kotsaki verschwand im Büro und kam mit einem Schnellhefter zurück.

Alex ging zurück zum Auto.

„Und wohin jetzt?"

„Zum Rathaus. Ich habe um zwei den Termin mit dem Investor. Ein Golfplatz auf Mykonos! Die Welt wird verrückt!", sagte Angelos.

Er hat recht, dachte Alex. Ein Golfplatz auf einer Wüsteninsel. So sinnvoll wie eine Spaßbad in der Sahara.

„Jetzt sieh dir das an. Das Mädchen hat 742 Euro verdient. Im Monat! Brutto! Bei 40 Stunden. Das ist ein Sklavenlohn. Na warte. Die Kotsaki ist die Nächste auf meiner Liste", regte sich Angelos auf.

„Du bist heute aber sehr ungnädig", stellte Alex fest.

„Findest du das alles in Ordnung?", fragte Angelos zurück.

„Nein. Aber die Menschen sind so!"

20

Schauen wir mal, wie sich der kleine Nikakis gemacht hat, dachte Ivan Petryak, bevor er das Rathaus betrat.

„Der Bürgermeister ist im Büro. Sie können rein", sagte eine dicke Frau zu ihm.

Angelos saß hinter seinem Schreibtisch.

Er sieht noch besser aus als früher. Der Ukrainer musste schmunzeln.

„Herr Bürgermeister", sagte er und reichte Angelos die Hand.

„Hallo, Herr Petryak. Dann lassen Sie uns gleich zur Sache kommen. Ich sage es Ihnen ganz offen. Ich bin nicht begeistert. Nicht vom Hotel, schon gar nicht vom Golfplatz. Aber bitte!"

Als Ivan mit seinen Erklärungen begann, konnte ihm Angelos zunächst nicht folgen. Die Stimme. Woher kenne ich die Stimme? Ich habe diesen Mann noch nie gesehen. Warum habe ich das Gefühl, dass ich ihn kenne?

„Herr Bürgermeister? Hören Sie mir zu?", fragte Petryak.

„Natürlich. Zeigen Sie mir bitte die Pläne?"

„Gerne!"

Petryak rollte die Pläne auseinander.

„So. Südlich des Staudammes haben wir bereits einige Grundstücke in unserem Besitz. Zur Arrondierung fehlen uns noch diese drei, davon gehört eines der Kommune. Auf dem einen Grundstück würden wir gerne nächste Woche eine Probebohrung nach Wasser durchführen.

Werden wir nicht fündig, müssen wir auf Tankschiffe zurückgreifen. Aber zwei pro Woche
würden reichen. Natürlich würden wir die Kosten
für die Straße zwischen der Hauptstraße und
unserem Hotel erneuern. Die hat es dringend
nötig!"

Da hast du schon recht, dachte Angelos, aber du
baust bestimmt keinen Meter weiter.

„Falls – und ich sage falls – die Kommune
zustimmt, übernehmen Sie den Neubau der
gesamten Straße nach Panormos, denn Ihre
Gäste werden mit großer Sicherheit an den Strand
dort fahren. Mit der jetzigen Straße nicht zu
machen", antwortete Angelos.

Das wird ein hartes Stück Arbeit, dachte Petryak.
Der Junge weiß, was er will.

„Das muss ich mit meinen Auftraggebern
besprechen!"

„Sicher. Und die müssen zustimmen. An der Straße
gibt es nichts zu rütteln. Die Tanklaster machen ja
auch die Hauptstraße kaputt!"

„Die ohnehin schon zerbröselt ist", ergänzte
Petryak.

Angelos lächelte.

„Eben. Sie sehen es ja selbst ein. Mehr Verkehr
gleich neue Straße. So einfach ist das!"

„Gut. Dies ist ohnehin ein Vorgespräch. Ich weiß
nicht, ob die Investoren nicht vor den Zusatz-
kosten zurückschrecken. Es gibt ja auch Projekte
auf anderen Inseln!"

„Klar. Aber Samos und Rhodos sind nicht Mykonos.
Nur hierher kommt Ihre Klientel. Es ist der Name,
der zieht. Und den brauchen Sie als Aushänge-

schild für Ihre anderen Projekte", antwortete Angelos.

Petryak lachte.

„Der Premier hat mich schon vorgewarnt. Der Emir von Mykonos ist ein harter Knochen!"

„Der Emir ist nur deutlich!"

Die Stimme. Das Lachen. Beides kommt mir bekannt vor.

„Ich beschwere mich nicht. Ich mag klare Ansagen. Und ich hasse Geschwafel!", sagte Petryak.

„Dann werden wir uns gut verstehen", sagte Angelos zum Abschied.

Wenn der als Kommissar genauso vorgeht, bekomme ich ein Problem, dachte Petryak.

Angelos hatte andere Sorgen.

Und ich muss jetzt zu Khaled. Es ist kurz vor vier. Herrgott. Ich bin aufgeregt wie ein Backfisch bei seiner allerersten Liebe.

Aber ich darf nicht.

21

Die Yacht war schon vom Rathaus aus deutlich auszumachen. Sie hatte die Ausmaße eines großen Fischtrawlers. Und dementsprechend viele Touristen waren am Pier. Von wegen „uns sieht keiner!", dachte Angelos. An der Yacht angekommen, winkten ihn die Sicherheitsbeamten durch. Auch die wissen schon Bescheid. Bravo.

Dann sah Angelos Khaled und verspürte einen Stich. Khaled strahlte, als würde ein Feuerwerk abgebrannt.

Er ging auf Angelos zu und nahm ihn in den Arm – mit Begrüßungsküsschen.

Harmlos, dachte Angelos.

„Ich freue mich so", sagte Khaled. „Ich entschuldige mich dafür, dass ich dich sehen wollte. Ich hatte keine ruhige Minute seit ich Mykonos verlassen habe. Überall sehe ich nur dich. Aber ich wollte dich nicht in Verlegenheit bringen und keinesfalls deiner Ehe schaden. Ich dachte, dies wäre eine diskrete Methode!"

Angelos lachte und deutete auf den Pier.

„Sehr diskret!"

Khaled schmunzelte.

„Der Espresso kommt. Bitte bleib ein wenig und renne nicht vor mir davon!"

„Nein. Ich habe es nicht eilig. Aber du musst dich an die Abmachung halten!"

Khaled nickte.

„Wie geht es Alex? Ich meine es ehrlich. Ich habe mir Vorwürfe gemacht!"

Er sagte die Wahrheit.

„Es geht ihm wieder besser. Ich glaube, wir kriegen das hin, auch wenn das keine guten Nachrichten für dich sind", sagte Angelos.

„Wenn du damit glücklich bist, freut es mich auch!"

Wortkünstler. Aber er meint es wirklich so, dachte Angelos. Dann kam von Khaled die erste Glatteis-Frage.

„Hast du mich ein wenig vermisst?"

Allein der flehende Blick brachte Angelos aus der Fassung. Sage ich jetzt die Wahrheit?

„Ich habe versucht, es zu vergessen. Aber gelungen ist es mir nicht!"

Khaled lächelte. Und legte sofort nach.

„Liebst du mich?"

Angelos kämpfte mit sich. Ich weiß es nicht, Herrgott. Mach mich nicht fertig.

„Ich wollte dich nicht in Verlegenheit bringen. Es tut mir leid", sagte Khaled sofort.

„Nein, nein. Du verdienst eine Antwort!"

Angelos rang mit sich.

„Ja. Ich glaube schon. Aber ich darf nicht!"

Khaleds Augen leuchteten so stark wie Flutlicht. Das „ich glaube schon" macht ihn tatsächlich glücklich, stellte Angelos fest.

„Das ist das erste Mal, dass du es zugibst", sagte Khaled.

„Wir sehen uns heute erst zum dritten Male", antwortete Angelos.

„Es hat offensichtlich gereicht. Bei uns beiden!"

„Khaled, ich glaube dir. Du bist in mich verliebt. Nein, es ist mehr als das. Ich aber bin mir nicht sicher. Ich *denke*, ich bin es. Das ist ein Unterschied. Ich sitze auf einem Karussell und weiß nicht, wie ich meine Gefühle unter einen Hut bringen soll.

Ich will niemand verletzen und tue es doch!"

„Nein. MICH verletzt du nicht. Mir reicht schon dein Satz von eben. Ich werde warten!"

Khaled zog sein Handy – und warf es ins Meer.

„Was soll das?", fragte Angelos.

„Hier ist mein Neues. Und darauf ist nur eine Nummer. Andere brauche ich nicht. Nicht heute, nicht nächstes Jahr. Nicht einmal in zehn Jahren!"

Khaled sah Angelos an.

Du bist der schönste Mann, den ich je gesehen habe. Du bist klug. Und du hast Charakter. Jeder andere wäre mir in die Arme gefallen, die meisten wegen des Geldes. Aber das interessiert dich nicht. Du ringst mit dir wegen deiner Gefühle. Und du willst Alex nicht wehtun. Ich will nicht, dass du dich vor Begegnungen mit mir fürchtest. Lass uns über andere Dinge reden!"

Und das taten sie.

Khaled machte sich über seine Familie lustig. Und Angelos erzählte Anekdoten aus dem Rathaus.

Dreißig Minuten später sagte Angelos:

„Khaled, ich muss gehen, sonst …"

„… wird Alex sauer. Du weißt, dass ich es verstehe!"

Abschied. Beide standen auf. Khaled kam näher.

Nein, Angelos, du tust es nicht.

Aber ich glaube, ich liebe ihn. Er ist schön –
geschenkt. Er ist klug – geschenkt. Er ist reich –
unwichtig. Er betet mich an – aber das tut Alex
auch. Er strahlt Güte aus – das ist es.
Doch.
Angelos erwiderte den Kuss. Wie schon bei der
ersten Begegnung. Khaleds Hände wanderten
über Angelos´ Rücken tiefer. Mach weiter, dachte
Angelos. Khaleds Hand wanderte nach vorne.
Dann spürte Angelos, dass sein Jeansknopf und
der Reißverschluss geöffnet wurden. Und Khaled
kniete sich hin.

22

Es tut mir leid. Ich habe mich bei dir nicht in
der Gewalt", sagte Khaled niederge-
schlagen. „Bitte sei mir nicht böse. Das würde
ich nicht ertragen!"
Angelos strich ihm durch die Haare.
„Wie könnte ich. Alles in Ordnung. Nur kann ich
nicht bei dir … Soweit bin ich noch nicht. Sei MIR
nicht böse!"
Khaled strahlte und fiel Angelos in die Arme.
„Soviel zu meinem Charakter", flüsterte Angelos
Khaled ins Ohr.
„Du bist keine Maschine. Und du folgst deinen
Gefühlen. Dein letzter Gedanke vorher war

bestimmt: ‚Darf ich das Alex antun?' Ich finde, das zeugt von viel Charakter", sagte Khaled.

„Was mache ich jetzt?", fragte Angelos verzweifelt.

„Du darfst Alex im Moment nicht verlassen. Warte, bis deine Gefühle dir sagen: ‚Jetzt wäre ein guter Zeitpunkt'! Du hast Angst, dass er es erneut versucht?"

Angelos nickte und ihm stiegen die Tränen hoch.

„Er darf dich nicht erdrücken. Und er darf dich nicht in Geiselhaft nehmen, mit der Drohung …", sagte Khaled.

„Er droht mir nicht", erwiderte Angelos. „Ich weiß nur, dass er es in diesem Fall wieder tun würde!"

„Verzeih, aber dann solltest du gehen. Denn das geht zu weit. Aber ich warte. Keinerlei Druck. Und mach dir keine Sorgen. An meinen Gefühlen ändert sich nichts. Entscheide in Ruhe!"

Nicht ein Satz, nicht ein Wort ist verkehrt. Er sagt immer das Richtige, dachte Angelos.

„Ich muss gehen", sagte er und ging wie in Trance von Bord.

„Ich liebe dich", rief Khaled ihm hinterher. Die Blicke der Security waren ihm egal.

Angelos Nikakis, 30 Jahre alt, Bürgermeister und Kommissar, ging hinter das Hafengebäude und fing an zu weinen.

23

Als Angelos zuhause eintraf, saß Alex am Küchentisch.

„Hi. Was machst du?", fragte Angelos, weil Alex über mehreren Papieren saß.

„Ich habe ein paar Neuigkeiten über den Mord. Der Nachtportier im ‚Kouros' erinnert sich, dass gegen 22 Uhr eine Frau die Treppe hochging. Er saß aber im Büro hinter der Rezeption. Bis er nach vorne kam, sah er nur noch die Beine, aber nicht das Gesicht. Zurückrufen wollte er die Frau nicht – es hätte ja ein Gast sein können. Das hilft uns nicht viel, aber: er schwört, dass die Frau nicht wieder herunterkam. Er saß den ganzen Rest der Nacht vorne. Bis früh um sechs."

„Sie ist also im Hotel ermordet worden. Und wurde dort im Pool entsorgt. Nur von wem und warum?", fragte Angelos.

„Also: laut Hotel gab es in der Nacht acht alleinreisende Gäste, alle Männer. Aber wer von denen ist der Täter? Die Liste der Escort-Agentur hilft uns auch nicht weiter. Irini wurde gebucht. Aber auf der Liste steht: Kouros, 22.30 Uhr, Mr. Markaris. Aber der steht natürlich nicht auf der Liste des Hotels", seufzte Alex.

Angelos dachte nach.

„Wenn es nicht über den Namen ging, dann lief es über die Zimmernummer. Deswegen musste Irini auch nicht an der Rezeption vorbei. Man wartet, bis der Nachtportier ins Hinterzimmer verschwindet, und geht dann nach oben!"

„Und woher wusste sie, in welches Zimmer sie muss?", fragte Alex.

„Über das Handy. Ich denke per SMS. Der Kunde bucht mitunter, bevor er anreist. Zu dem Zeitpunkt weiß er seine Zimmernummer noch nicht. Deswegen steht die auch nicht auf der Liste. Die wird nachgereicht. Der Kunde bekommt eine Handy-Nummer, an die er die Zimmernummer schickt", vermutete Angelos.

„Leider haben wir kein Handy. Bei der Leiche war keins", sagte Alex.

„Haben wir die Nummer?", fragte Angelos.

„Ja, die steht in den Personalakten."

„Ok. Dann brauchen wir den Verbindungs-nachweis für den Tag. Hoffen wir, dass sie nicht viel telefoniert hat. Oder eine SMS-Queen war. Dann brauchen wir nochmal das ‚Kouros'. Die Handy-Nummern der acht Männer. Aber wahr-scheinlich sind einige schon abgereist.

Einen Versuch ist es dennoch wert. Hast du gut gemacht", sagte Angelos. „Ich hatte heute zu viel um die Ohren!"

„Das glaube ich dir gerne", sagte Alex.

Er stand auf, ging zum Notebook und klickte zwei Mal.

Auf dem Bildschirm erschien ein heulender Angelos hinter dem Hafengebäude.

„Du überwachst mich?", fragte ein konsternierter Angelos.

„Nein. Ich bin Polizist wie du. Ich wollte überprü-fen, ob alle Kameras funktionieren. Machen wir ja regelmäßig. Tja, und dann warst du zu sehen, wie du an Bord einer Yacht gehst. Ich nehme an, sie gehört deinem Prinzen?"

Angelos nickte. Dann griff er in die Hosentasche und zog sein Handy heraus.

„Bitte. Lies die SMS. LIES!"

Alex sah die Nachrichten durch.

„Und? Hast du dich an die Regeln gehalten?", fragte Alex.

Angelos´ Blick war starr.

„Ich weiß, dass du nicht lügen kannst. Also: habt ihr euch geküsst?"

„Ja!"

„Hast du mit ihm geschlafen?"

„Nein!" Was ja stimmte.

„Wo bin ich denn jetzt? Bin ich bei ihm oder dir?", fragte Angelos leise.

„Du gehst gerade durch die Hölle. Ist es nicht so? Ich habe dich noch nie so weinen sehen wie auf der Kameraaufnahme. Es hat mich fast zerrissen", sagte Alex erstaunlich ruhig.

„Erst versuche ich, mich umzubringen und dann verliebst du dich in einen anderen Mann!"

„Das stimmt nicht. Ich liebe ZWEI Männer und einer davon bist du. Ich versuche, den anderen aus meinem Kopf zu verdrängen, aber ich will ihn auch nicht verletzen und …"

„Du liebst ihn", fügte Alex hinzu.

„Ich denke schon. Ich weiß es nicht. Aber ich bleibe bei dir", sagte Angelos.

„Weil du mich liebst? Oder weil du Angst um mich hast?", fragte Alex.

„Beides", flüsterte Angelos.

„Angelos, ich will nicht, dass du bei mir bleibst, weil du dich verpflichtet fühlst!"

„Ich bin verpflichtet, ich bin dein Mann. Du hast dich um mich gekümmert, als es mir schlecht ging. Wie könnte ich dich alleine lassen?"

„Ich ... ich weiß nicht, ob ich damit zurechtkäme. Aber daran darfst du nicht denken. Ich will nicht, dass du unglücklich bist!"

Nach einer kurzen Pause sagte Alex.

„Ich habe deinen Prinzen gegoogelt..."

„ER IST NICHT MEIN PRINZ. Und nebenbei hat er mir das Leben gerettet. Dir wahrscheinlich auch!", ging Angelos laut dazwischen.

„Beruhige dich. Es war nicht böse gemeint. Er ist definitiv eine Schönheit und hat viel Geld. Ich bin weder schön noch reich!"

Angelos´ Blutdruck stieg weiter.

„Du meinst, dass das eine Rolle für mich spielt? Schönheit oder Geld? Mein eigener Mann kennt mich nicht!"

„Signomi. Ich weiß, dass es etwas anderes sein muss. Sonst wärst du auch nicht mit mir zusammen."

Alex konnte sogar lachen.

Alex, du bist stärker als du denkst, dachte Angelos. Das Problem ist, dass du nicht mehr klar denken kannst, wenn das Karussell in deinem Kopf losgeht.

„Also: du wirst dir darüber klar, zu wem du gehörst. Wenn die Entscheidung gegen mich fällt, dann sage es mir bitte rechtzeitig und schonend. Ich versuche, mich im Griff zu haben!"

„Wir wissen beide, dass du dich nicht im Griff haben wirst. Du vergötterst mich. Das ist einerseits schön, aber es ist auch eine Last. Wie auch immer: ich bleibe bei dir. Basta. Aber wenn Khalid mich sehen will, dann möchte ich es selbst entscheiden können, ob ich hingehe oder nicht! Und es gelten die Regeln aus den SMS!"

Wenn ich es schaffe, mich daran zu halten, fügte Angelos in Gedanken hinzu.

In der folgenden Nacht wachte Alex gegen vier Uhr auf. Angelos warf sich hin und her. Er war nassgeschwitzt. Und schrie.

Alex kannte diese Flashbacks. Oder hat es mit seiner Verwirrung zu tun? Alex stand auf und spulte das Notfallprogramm ab. Er wusste nach zwei Jahren Ehe, was zu tun war. Er ging die Treppe hinunter in die Küche. Dort holte er die feuchten Tücher aus dem Kühlschrank, machte einen dreifachen Espresso. Alex ging wieder nach oben. Noch immer warf sich Angelos hin und her. Noch immer rief er einen Namen. Wahrscheinlich „Khaled", aber das war schwer zu verstehen.

Alex legte das erste Tuch auf Angelos´ Kopf und hielt es fest. Dann legte er sich ins Bett und hielt Angelos fest. Nicht ganz ungefährlich – Alex hatte sich schon das eine oder andere blaue Auge eingefangen, weil Angelos um sich schlug.

Viel näher dran, verstand Alex nun auch, was Angelos rief: Es war nicht „Khaled", sondern „Ben"!

Sein ehemaliger Freund. Der bei der Vergewaltigung dabei war. Oder sie organisiert hatte. Es war ein Flashback wegen der Vergewaltigung. Und Alex war beruhigt. Offensichtlich träumte Angelos nicht von Khaled. Ihm ging anderes durch den Kopf.

Wie immer wurde Angelos ruhiger, sobald Alex ihn festhielt.

Nach dem dritten Tuchwechsel wachte er auf, erschöpft und heftig nach Luft schnappend. Und verwirrt. Es dauerte, bis er begriff, dass er zuhause war. Der panische Blick verschwand.

„Oh Gott, schon wieder?", fragte Angelos mit leiser Stimme.

„Das letzte Mal war vor acht Wochen. Die Abstände werden größer, nicht kleiner. Alles gut. Jetzt trink deinen Espresso!"

Alex gab Angelos die Thermotasse.

„Weißt du jetzt, warum ich dich nicht verlassen könnte? Abgesehen davon: ich glaube nicht, dass es jemand anders verstehen würde", sagte Angelos.

„Weiß Khaled von der Vergewaltigung?"

Angelos nickte.

„Er würde sicher das gleiche tun wie ich", antwortete Alex.

Du bist ein guter Mensch, Alexandros Nikakis. Und ich fühle mich wie ein Arschloch, dachte Angelos.

24

Am nächsten Morgen fühlte sich Bürgermeister Angelos Nikakis, als wäre er von einem Panzer überrollt worden.

„Du bleibst zuhause", befahl Alex. „Und keine Diskussion!"

„Das geht nicht. Ich habe viel zu viel zu tun. Die Alpträume sind mein Problem. Da muss ich durch. Schlimm genug, dass du dich allein um den Fall kümmern musst!"

Aber Angelos schwankte beim Laufen.

„Dann lass mich dich wenigstens fahren", sagte Alex. Und zu seiner Überraschung nickte der Dickkopf.

Als Angelos das Rathaus betrat, herrschte eisiges Schweigen. Was ist denn hier los, dachte er. Kurz glaubte er, dass man ihn wegen seiner Halb-Affäre ignoriert. Dann aber sah er, dass Giorgios weinend an seinem Platz saß und Eleni und Maria auf ihn einredeten. Maria kam auf Angelos zu.

„Giorgios´ Tochter hat Krebs", sagte sie.

„Um Gottes Willen. Und ich jammere, weil … sie ist doch noch ein Kind!", antwortete Angelos.

„Sie ist zwölf. Und es sieht nicht gut aus!"

Angelos ging zu Giorgios, legte die Hände auf dessen Schulter und küsste ihn auf den Kopf.

„Ich spare mir schlaue Sprüche, weil sie nichts nützen. Aber wenn dir etwas einfällt, wie ich dir helfen kann, dann sag es mir!"

Giorgios konnte nicht sprechen, wedelte aber mit einem Zettel. Es war ein Rezept. Atdivo.

„Soll ich das aus der Apotheke holen?", fragte Angelos.

„Nein, Chef. Ich kann es nicht bezahlen. Das Zeug kostet 3.800 Euro. Das sind vier Monatslöhne. Ich bin ratlos. Wir könnten unser Haus verkaufen, aber wohin sollen wir dann?"

„Die Krankenkasse zahlt nichts?"

Giorgios lachte – ein gezwungenes Lachen.

„Keinen Euro. Und Katarina braucht es alle vier Wochen!"

„Gut. Mach dir wenigstens darum keine Sorgen. Ich zahle. Du gibst mir einfach die Rezepte. Und keine Diskussion!"

Angelos nahm das Rezept und stand auf.

„Ich bin ein Idiot, entschuldige. Du kannst natürlich nach Hause, wann immer es nötig ist!"

Giorgios schaute Angelos entgeistert an.

„Das kann ich nicht annehmen, Chef!"

„Klappe, Giorgios", sagte Angelos lächelnd.

In den folgenden Minuten hörte man Herrn Bürgermeister laut schreien. Am Telefon war die Krankenkasse. Vergeblich. Angelos googelte das Medikament. Tatsächlich. Die Preise begannen bei 3.800 und gingen hoch bis auf 5.000. Unfassbar. Gut, hilft nichts. Er bestellte das Atdivo bei einer Online-Apotheke im Inland. Mit Zertifikat vom Gesundheitsministerium. Angelos wollte es auf die Kreditkarte buchen, aber das Limit reichte nicht aus. Ok, dann eben Lastschrift vom gemeinsamen Konto.

Alex. Ich muss ihn fragen. Angelos rief ihn an und Alex war sofort einverstanden.

Sie konnten es sich leisten.

Angelos ging hinaus zu Giorgios und sagte zu ihm: „Ich habe es bestellt. Ist morgen da. Reicht das?"

Giorgios nickte.

„Brauchst du sonst noch was?"

Giorgios schüttelte den Kopf. „Chef, ich …"

„Klappe, Giorgios!", sagte Angelos und ging in sein Büro.

Kurz darauf kam Eleni herein.

„Maria und ich kümmern uns um seine Frau. Die kann sicher auch Unterstützung brauchen!"

„Danke. Wir sind hier eine große Familie", sagte Angelos. Unter dem früheren Bürgermeister mussten die Angestellten strammstehen.

„Sie schauen auch nicht gut aus, Chef", sagte Eleni.

„Alptraumnacht", antwortete Angelos.

„Der Prinz?", fragte sie vorsichtig.

Angelos verschlug es die Sprache. Aber wenn wir eine große Familie sind, dann …

„Ja, der auch, Eleni. Woher …?"

„Ach, Chef, es gibt kein anderes Gesprächsthema mehr auf der Insel!"

Natürlich. Ich hätte es wissen müssen.

„Egal, wie Sie sich entscheiden, wir stehen hinter Ihnen. Auch, wenn wir alle Alex sehr mögen!"

Angelos lächelte.

„Ich habe die Botschaft verstanden, Eleni. Auch wenn sie nicht sehr subtil war. Trotzdem danke!"

Angelos schaute erneut auf den Bildschirm.

Atdivo.

Er hatte noch keine Ahnung, dass dieser Name
der Schlüssel für vieles war. Unter anderem für den
Fall Irini.

25

In der exakt selben Minute

Ivan Petryak saß auf dem Balkon des Hotels
„Elysium" und genoss den Ausblick. Fast noch
schöner als im „Kouros". Ivan hatte beschlossen,
dass er nach dem Zwischenfall das Hotel
wechseln muss. Aber nicht am nächsten Morgen –
das wäre zu auffällig gewesen. Er wartete zwei
Tage. Sorgen machte er sich keine, schließlich war
er unter einem anderen Namen registriert. Das
Handy der Nutte habe ich Gott sei Dank – und
damit war auch meine Telefonnummer gesichert.
Gut, es war ohnehin ein Prepaidhandy, das ich im
Meer entsorgt habe. Kein Grund zur Sorge.
Was Ivan nicht wusste, war, dass das „Elysium"
ausschließlich von Gays gebucht wurde. Die
ungewollt ideale Tarnung. Wer eine Hure bestellt,
kann in der Regel nicht schwul sein.
Bleibt nur noch das Problem Bürgermeister.
Petryak musste wieder lächeln.

Zwei Kilometer entfernt war Stela Kotsaki nicht
nach Lachen zumute. Sie hatte zwar heute Ware
im Wert von 20.000 Euro verschickt, aber zwei Mal
traf sie fast der Schlag. Erst rief dieser Arsch Nikakis

an und erkundigte sich nach dem Preis von
Atdivo. Sie nannte ihm den Normalpreis. Und
Ende. War er an Krebs erkrankt oder sein Ehemann? Sie beruhigte sich mit dieser Erklärung.
Dann aber ging über das Internet eine Bestellung
ein – von Angelos Nikakis, mit seinen Bankdaten.
Stela wurde flau im Magen.
Auf dem Absender würde aber ein anderer Name
stehen. Auf dem Bankkonto ebenso. Sie könnte
das Päckchen auch persönlich abgeben. Es war
ein Witz. Zwischen Absender und Empfänger
lagen keine zwei Kilometer. Dennoch würde sie
zur Post gehen.
Es schien alles unproblematisch. Und doch griff sie
zum Handy.

Eleni Markou hingegen war zufrieden. Nicht nur,
dass sie Ersatz für Irini gefunden hatte. Noch eine,
die einen Zusatzverdienst dringend brauchte und
über die nötigen Maße für diese Tätigkeit
verfügte. Aber besondere Freude machte ihr,
dass ihr Angebot für ein Grundstück angenom-
men wurde. Der Notartermin sollte übermorgen
sein. Der Preis? Unter dem erwarteten Niveau.
Gut, es war auch beileibe keine gute Lage.
Zumindest nach normalen Kriterien.

26

Zwei Tage später kamen die Dinge gewaltig ins Rollen.

Als Angelos sein Büro betrat, lag ein kleines Päckchen auf seinem Tisch. Ah, die Tabletten, dachte er. Er öffnete es und holte zwei Packungen Tabletten heraus. Er hatte gleich zwei bestellt, wegen des sagenhaften Rabatts von fünf Prozent.

Später wusste Angelos nicht mehr wieso, aber er gab „Atdivo" bei Google ein und klickte auf Bilder. Er verglich die Packung mit denen im Netz abgebildeten. Er sah keinerlei Unterschied. Dann griff er nach dem Päckchen und schaute nach dem Absender. Kiew Pharmaceuticals. Aus der Ukraine? Erst da fiel Angelos ein, dass er vor dem Bestellen nicht nach der Postanschrift gesehen hatte. Die Website aber war auf jeden Fall griechisch, zumindest mit der korrekten Länderkennung, obwohl …

Tatsächlich stellte Angelos fest, dass auf der Seite keine Adresse zu finden war. Der Text war fehlerfreies Griechisch, eine Seltenheit – selbst bei griechischen Homepages.

Aber das größte Rätsel war der Poststempel. Dort stand deutlich zu lesen: Mykonos. Das Paket war hier aufgegeben worden. Damit war klar, dass der Absender nicht in der Ukraine, sondern hier saß.

Er klickte auf die Seite seiner Bank und überprüfte die Buchungen. Das Geld war bereits abgebucht und überwiesen an: Kiew Pharmaceuticals.

Hier stinkt´s gewaltig, aber was soll ich tun?
Bekommt Giorgios´ Tochter das Medikament
nicht, sinken ihre Heilungschancen. Angelos
beschloss, Giorgios eine Schachtel Medikamente
zu geben und die andere vorläufig zu behalten.

Alex war zuhause und baute ein neues Kellerregal
auf, als sein Handy brummte.
„Hallo Alex, hier ist Nikos, Athen!" Was hieß: Nikos
vom EYP, Organisierte Kriminalität Inland.
„Entschuldige, aber Angelos ist im Büro!"
Nikos war mit Angelos befreundet. Zwar kannte
Alex Nikos von zwei Einsätzen her und kein Zweifel:
sie mochten sich, aber Nikos sprach grundsätzlich
mit Angelos.
„Dieses Mal will ich mit dir sprechen!"
„Mit mir??", fragte Alex.
„Ja, es geht um Angelos!"
Und Alex bekam eine Gänsehaut.
„Du müsstest bitte morgen zu mir kommen. Es ist
wichtig!"
„Sag mir wenigstens, worum es geht!"
„Das kann ich nicht. Ich muss es dir zeigen!"
Alex wurde flau im Magen.
„Willst du mir sagen, dass er fremdgeht?", fragte
Alex und fürchtete die Antwort.
„Angelos? Bist du verrückt? Wie kommst du denn
darauf? Nein, er hat nichts gemacht. Aber es
geht um ihn und es ist wichtig. Du musst es mir
einfach glauben. Aber es *ist* wichtig, dass du
zunächst nichts sagst. Wenn du hier bist, wirst du
es verstehen!"

„Ich soll ihn anlügen? Er weiß, dass ich keine Freunde in Athen habe!", sagte Alex.

„Sag, ein Anwalt hat dich angerufen. Irgendeine Großtante sei gestorben und du müsstest nach Athen", sagte Nikos.

„Steht das im kleinen Handbuch für Spione?"

Nikos lachte.

„Es ist wichtig, Alex!"

„Gut, ich nehme die 07.30 Uhr-Maschine!"

Als Alex aufgelegt hatte, war er mehr als durcheinander.

Was zum Teufel meint Nikos?

Angelos hat nichts getan, aber ...??

Alex schlug sich mit dem Hammer auf den rechten Daumen und beschloss, das Arbeiten einzustellen.

Er fühlte sich überhaupt nicht wohl, als er am Abend Angelos von dem angeblichen Anruf eines Anwalts erzählte.

„Ich hoffe, sie hinterlässt uns keine acht Katzen", sagte Angelos lediglich, fügte aber hinzu:

„Aber das trifft sich gut. Nimm bitte die Schachtel mit und gebe sie im Kriminallabor ab. Die sollen herausfinden, ob damit alles in Ordnung ist!"

„Du glaubst, es ist eine Fälschung? Für 3.800 Euro?"

„Genau da lohnt es sich. Und die Kranken können sich nicht wehren. Und ich brauche das Ergebnis möglichst schnell. Sag, es geht um das Leben eines kleinen Kindes!"

Angelos erzählte kurz von seinem Verdacht.

„Vielleicht erinnert sich der Postler, wer es aufgegeben hat?", fragte Alex.

„Bei der Menge an Päckchen? Unwahrscheinlich, aber probieren kann ich es!"

„Soll ich, wenn ich aus Athen zurück bin, die Apotheken abklappern?", fragte Alex. „Einfach auf Verdacht?"

„Das sind mehr als zwanzig. Und im Prinzip kann es jeder sein, der in der Lage ist, eine Homepage zu bauen!", antwortete Angelos.

„Na ja, Kapseln mit irgendeinem Pulver befüllen muss derjenige schon können", warf Alex ein.

„Nicht, wenn das Zeug aus dem Ausland kommt. Aus der Ukraine zum Beispiel", entgegnete Angelos. „Aber verkehrt ist es sicher nicht. Es wird halt stressig. Ich könnte Giorgios schicken, doch der …"

„Nein. Der hat anderes im Kopf. Ich krieg das schon hin!"

„Danke. Ist der Verbindungsnachweis von Irinis Handy da?", fragte Angelos.

„Ja. Aber es wird dir nicht gefallen. Zwar habe ich die meisten Nummern identifiziert, Familie, Freunde, ihre Chefs – aber es bleiben zwei SMS an eine Nummer, gut eine halbe Stunde vor Irinis Date!"

„Das ist doch super!" Angelos´ Miene hellte sich auf.

„Nein, ist es nicht. Es ist ein Prepaidhandy mit ukrainischer Vorwahl. Kein Name, nichts", sagte Alex und verzog das Gesicht.

27

Alex war genervt. Sein letzter Besuch in Athen war über ein Jahr her und es schien immer schlimmer zu werden. Der Verkehr, der Smog und der Dreck.

Schöne neue Welt, dachte er. Immer mehr von allem. Irgendwann erstickt diese Stadt an sich selbst.

Alex war schon jetzt an seiner Stressgrenze. Und der Afrikaner, der das Taxi fuhr, schien sich zwar in Harare gut auszukennen, aber nicht in Athen und so musste ihn Alex zu Nikos´ Büro lotsen und dazu mehrere Zusammenstöße verhindern, weil der Fahrer offensichtlich farbenblind war und die Ampeln nicht richtig zu erkennen schien. Oder er hielt sie per se für überflüssig.

Es war morgens um 9.00 Uhr und Alex war schon nassgeschwitzt.

„Wie siehst du denn aus?", fragte Nikos.

„Wie jeder Auswärtige, der nach Athen muss!"

„Ein bisschen mehr Trubel als auf einer Insel", sagte Nikos lachend.

„Trubel haben wir auch, aber wenigstens frische Luft!", jammerte Alex.

„Dann bekommst du erstmal einen doppelten Espresso!"

Als Alex die Tasse in einem Zug leerte und er langsam wieder Luft bekam, sagte er:

„Und jetzt schieß los. Du hast mich dermaßen durcheinandergebracht, dass ich fast nicht geschlafen habe!"

„Ich habe gar nicht geschlafen, nachdem …"

„Nachdem was? Rück endlich raus damit, Herrgott!"

Nikos seufzte.

„Du brauchst starke Nerven!"

„Das beruhigt mich jetzt noch mehr!"

„Gut. Hör zu. Wir ermitteln seit zwei Monaten gegen einen Pornographie-Händler im Internet. Kinder- und Gewaltpornographie. Grauenhaftes Zeug!"

„Das glaub ich dir. Aber was hat das mit Angelos zu tun?", fragte Alex und er bekam Angst.

„Langsam. Ich muss mir die CDs seit Wochen ansehen, weil ich versuche, die Gesichter zu identifizieren. Die der Opfer und die der Täter. Leider sind die nicht dumm. Bisher habe ich gerade mal acht Täter über das Gesichtserkennungsprogramm ermitteln können. Leider."

„Nochmal; warum bin ich hier? Was hat das alles mit Angelos zu tun. Du wirst mir jetzt nicht sagen, dass …"

„Um Gottes Willen, nein. Du solltest deinen Mann kennen. Angelos würde so etwas nie tun", regte sich Nikos auf.

„Es ist etwas anderes und jetzt halt dich fest. Du weißt, dass er vor vier Jahren vergewaltigt wurde?"

„Natürlich. Der letzte Flashback ist gerade Mal zwei Tage her", sagte Alex.

„Es gibt ein Video davon und die Schweine haben es ins Netz gestellt. Er ist es!"

28

Alex war schockgefroren.

„Weiß Angelos es?"

„Dass es im Netz ist? Nein. Dass sie gefilmt haben? Ich glaube nicht. Die ersten Einstellungen sind von einer versteckten Kamera. Die eigentliche Vergewaltigung war profimäßig mit Stativ und Handkamera!"

„Heißt, sie hatten es von Anfang an geplant!", sagte Alex leise.

„Wie schlimm ist es?"

Nikos bekam feuchte Augen.

„Es ist ein Wunder, dass er das seelisch überstanden hat!"

„Er hat es bis heute nicht überstanden Aber er spricht nicht darüber, sonst bleibt das Trauma ewig!", widersprach Alex.

„Der Punkt ist, dass zwei Gesichter zu erkennen sind. Eventuell könnten wir einen der Täter kriegen!"

„Wieso nur einen? Du sagtest zwei Gesichter!"

„Das eine gehört Ben, seinem Ex-Freund. Aber der ist untergetaucht. Nichts zu finden. Bleibt das eine Gesicht übrig!"

„Oh Gott, was machen wir? Wenn er es sieht, bricht er mir erneut zusammen. Angelos ist momentan ohnehin, äh, emotional gestresst, sagen wir es so!"

„Eheprobleme? Ihr wart doch immer das Traumpaar!", fragte Nikos besorgt.

„Schuld bin ich. Meine Angst, ihn zu verlieren, macht alles kaputt!"

Die Khaled-Geschichte ließ Alex weg. Es war an Angelos, zu entscheiden, wem er davon erzählt.

„Ich weiß nicht, was ich tun soll. Ich möchte diesen menschlichen Dreck gerne erwischen. Aber dazu müsste Angelos es sehen. Vielleicht kennt er ja zumindest den Zweiten! Wir kommen nur darum herum, wenn du ihn kennen solltest!"

Es dauerte ein wenig, bis das Gesagte zu Alex durchdrang.

„Er darf es nicht sehen. Du weißt, wie knapp es war. Er wurde zum Wrack!"

„Ich habe es miterlebt, Alex!"

„Entschuldige. Ich weiß!"

Alex stand auf und ging zum Fenster. Nicht jetzt, dachte er. Das fehlt gerade noch. Er erinnerte sich an die Kameraaufnahmen des heulenden Angelos im Hafen. Alex´ Ärger verflog in Sekunden. Das war kein schlechtes Gewissen, sondern die pure Verzweiflung.

„Nein. Du hast recht, Nikos, wir dürfen es ihm nie zeigen. Aber die Täter davonkommen lassen: kommt nicht infrage. Die sollen bezahlen", sagte Alex mit fester Stimme. „Was bedeutet, dass ich es mir ansehen muss. Das meinst du doch?"

Nikos nickte. „Und bitte, Alex. Keine Selbstgänge, keine Selbst-justiz. Überlass das Ganze mir!"

Das entscheide ich alleine und hängt davon ab, was ich da sehe, dachte Alex.

„Bitte noch ein Espresso, Taschentücher und einen Kotzeimer", sagte er.

Dann ging es los.

29

Angelos kommt zur Tür herein. Er freut sich, als er Ben sieht. Und der lächelt. Und schlägt ihm dann die Faust in den Magen. Bei den folgenden Tritten leidet Alex mit, als müsste ER die Schläge ertragen.

Und Ben grinst. Dieses dreckige Arschloch. Die anderen zwei ziehen Angelos aus und werfen ihn aufs Bett. Ob er ahnt, was ihm bevorsteht?

Nein, denn auch Alex blieb die Luft weg, ob der Brutalität. Wenn du deinem Freund nicht vertrauen kannst, wem dann? Und zwischen einem Vertrauensbruch und einer brutalen Vergewaltigung liegen dann immer noch Welten.

Angelos beginnt zu schreien.

„Mach den Ton bitte aus", sagte Alex.

Die Gesichter, ich muss die Gesichter besser sehen.

„Es ist Nummer zwei, Alex. Aber das wird richtig heftig! Erst am Ende siehst du das Gesicht. Soll ich vorspulen?"

Alex schüttelte den Kopf. Lass es laufen, mein Hass braucht Nahrung. Und die bekam er. Am Ende des ersten Durchgangs übergab sich Alex zum ersten Male.

„Er blutet jetzt schon", sagte Nikos leise.

Dann war ein dicker Mann zu sehen, leider nur undeutlich. Als der sich auf Angelos wirft, musste Alex wegsehen. Er musste sich zwingen. Angelos schrie, trotz des Knebels. Man konnte den Schrei am Gesicht SEHEN. Der Fette ließ nicht ab. Dann war es soweit.

Plötzlich hielt der Dicke eine Klobürste in der Hand. „NEIN!", schrie Alex, als hätte er vier Jahre später noch eingreifen können.

Er schaute auf den Boden.

„Sag mir, wenn es soweit ist", sagte Alex zu Nikos.

„Jetzt verliert Angelos das Bewusstsein. Gott sei Dank. In zehn Sekunden ist es soweit!"

Alex zählte herunter. Bei Null sah er wieder auf den Bildschirm und sah eine blutige Klobürste, Blut, das aus Angelos Hintern floss, eine Lache auf dem Betttuch, die immer größer wurde – und ein Gesicht, das sadistische Lächeln, sogar eine Jubelgeste. Noch einmal musste sich Alex übergeben.

„Mach aus, Nikos. Ich kann nicht mehr. Wie kann man nach so etwas weiterleben? Und jemals wieder irgendjemand vertrauen?"

„Er vertraut dir. Das ist ein unfassbares Kompliment. Und du hast ihn so weit gebracht. Aber du kennst den Typen nicht?"

Alex schüttelte den Kopf.

„Nie gesehen. Aber vergessen werde ich ihn nicht!"

„Dann müssen wir Angelos selbst fragen", sagte Nikos vorsichtig.

„Nur über meine Leiche. Kannst du von dem Standbild einen Ausdruck machen?"

„Nicht nur eines. Alles hier drin!"

Nikos reichte Alex eine Mappe.

„Aber verstecke sie so, dass Angelos sie nicht findet. Es ist auch die CD darin!"

„Du vergisst, dass er Kommissar ist", antwortete Alex mit einem Lächeln.

„Ich werde nicht lockerlassen, bis ich dieses Schwein finde, das zu diesem Gesicht gehört", sagte Nikos.

„Ich danke dir für dein Vertrauen. Ich glaube, es ist das Beste so", sagte Alex.

„Aber vergiss nicht: wenn du etwas weißt, sagst du mir Bescheid! Keine Aktionen auf eigene Faust! Wer so etwas macht, dem ist alles zuzutrauen!"

„Was ist mit der Quelle im Internet?", fragte Alex.

„Im Darknet, Alex. Und das ist das Problem. Das Video läuft über einen Server in der Mongolei und dann …"

„Alles klar. Ich habe es verstanden. Und kein Wort zu Angelos!"

Alex wollte gerade gehen, da fiel es ihm siedend heiß ein:

„Was erzähle ich ihm wegen des Anwaltes?"

„Sag, dass du die Erbtante nicht kennst, aber vielleicht etwas Geld bekommst. Auf jeden Fall dauert das Ganze, weil ein Verwandter das Testament anfechtet. Und dass es sich wahrscheinlich nicht lohnt", sagte Nikos grinsend.

„Man merkt, welchen Beruf du hast!"

30

Is Alex am Abend vollkommen erschöpft wieder in Ornos eintraf, fand er Angelos bäuchlings auf dem Bauch liegend im Bett vor. In Shorts. Fast der gleiche Blickwinkel wie auf dem Video. Alex bekam eine Gänsehaut. Er legte sich zu Angelos und umarmte ihn.

Der lächelte und murmelte:

„Der schönste Bürgermeister Griechenlands ist müde!"

Alex musste lachen, dann kam das Grauen zurück. Wie kann man als Opfer eines solchen Verbrechens nur weiterleben und noch dazu seinen Humor behalten?

Alex liefen die Tränen über das Gesicht, allerdings unterdrückte er das Schluchzen. Angelos durfte ja nichts erfahren. Aber er registrierte zunächst nicht, dass die Tränen auf Angelos´ Oberarm tropften. Angelos war plötzlich hellwach und drehte sich herum.

„Was ist mir dir, arkoudaki-mou?", fragte er besorgt.

„Nichts. Ich glaube, ich bin ziemlich durch den Wind. Das ist alles!"

Angelos streichelte ihm über die Backe.

„Es gibt keinen Grund. Ich bin bei dir und da bleibe ich auch. Ich weiß, dass die letzten Wochen für uns beide nicht einfach waren, aber wir schaffen das."

„Ich wollte dir nur sagen, dass du frei entscheiden kannst, zu wem du möchtest. Ich setze dich nicht unter Druck. Wenn du bleibst, bin ich glücklich. Im anderen Fall wäre es schlimm für mich, aber es wäre mir lieber, als dass du unglücklich bist!"

Angelos lächelte – dieses breite, unwiderstehliche Lächeln.

„Ich bleibe. Ich habe mich schon entschieden. Bitte denk darüber nicht mehr nach", sagte er.

Alex antwortete nicht. Stattdessen drückte er Angelos noch fester.

„Hast du die Probe abgegeben?", fragte Angelos.

Beinahe hätte Alex gesagt: ‚Ja, ich habe Nikos gebeten, sie beim Labor abzugeben, weil ich nach dem Video nicht mehr dazu in der Lage war', doch er konnte sich rechtzeitig bremsen.

„Natürlich. Als würde ich deine Befehle missachten!"

Angelos lachte.

„Sonst müsste ich ja mit einer Bestrafung rechnen", sagte Alex mit einem Grinsen.

„Es gibt auch Bestrafungen ohne Grund", antwortete Angelos. „Möchte mein Bärchen bestraft werden?"

„Oh ja!"

31

Am nächsten Morgen herrschte im Rathaus gedrückte Stimmung.

„Was ist los?", fragte Angelos Eleni.

„Giorgios´ Tochter geht es schlechter", sagte sie.

„Trotz des Medikamentes?"

„Ja. Man hat den Tumor zu spät erkannt. Aber wer kommt bei einem Kind schon auf eine Krebserkrankung. Es ist einfach schrecklich!"

Angelos ging zu Giorgios.

„Möchtest du nach Hause?"

„Nein, Chef. Geben Sie mir Arbeit, sonst werde ich verrückt!"

Tja, die Nachforschungen wegen des Päckchens konnte Angelos nicht Giorgios übertragen.

„Gut. Aber sag, wenn es dir zu viel wird!"

Giorgios nickte.

„Hier hast du die Liste der Gäste aus dem ‚Kouros'. Der Täter hat zwar einen anderen Namen verwendet, ich verstehe aber noch nicht warum. Bei einem Affektmord am Abend checkt man nicht am Mittag unter falschem Namen ein."

„Außer man hat ursprünglich etwas anderes auf der Insel vor, wobei man keine Spuren hinterlassen will", erwiderte Giorgios.

„Was bedeutet, dass der Täter noch auf der Insel sein könnte. Wegen des ursprünglichen Geschäftes. Nur habe ich keine Idee, was das sein sollte!"

„Aber dann müsste er ja irgendwo wohnen. Dazu braucht er seinen Pass. Und wenn er einen Falschen benutzt hat, wird er den weiter benützen. Wer hat schon zwei falsche Pässe in petto?"

„Was heißt, dass wir die ‚Kouros'-Namen mit den Meldescheinen der anderen Hotels abgleichen müssen. Wer muss die Namen online melden?", fragte Angelos.

„Alle Betriebe über 40 Betten. Bei den anderen reichen die herkömmlichen Zettel. Da müssten wir eine Handkontrolle machen. Und zu den Betrieben hinfahren, denn die Meldescheine werden nur monatlich abgegeben!"

„Da brauchen wir drei Tage dazu. Und auch nur dann, wenn wir alle hier die Betriebe abklappern", stöhnte Angelos.

„Gut, Giorgios. Mach Kopien der ‚Kouros'-Liste für jeden. Und dann teile die Bereiche auf. Der Eine macht Kalafati und Kalo Livadi, der Nächste …"

„Ich habe schon begriffen", sagte Giorgios.

„Und ich gehe die Online-Meldungen durch!"

„Erst die Online-Meldungen. Bei einem Treffer brauchen wir nicht mehr suchen", sagte Angelos.

Es war die typische Kleinklein-Ermittlungsarbeit, die Lichtjahre von den TV-Krimis entfernt war.

Kleine Tippelschritte.

Aber nur so kommen wir weiter, dachte Angelos.

Was Angelos noch nicht wusste: Die Online-Suche würde nichts bringen. Denn das ‚Elysium' lag mit 39 Betten knapp unter der 40-Betten-Grenze.

Er griff zum Handy.

„Alex? Ich habe eine Bitte. Kannst du bei mir ein Päckchen holen und bei der Post fragen, ob sich der Beamte an die Person erinnert, die es aufgegeben hat? Ja, ich weiß, dass das unwahrscheinlich ist. Aber es ist wichtig. Giorgios´ Tochter geht es schlechter. Danke!"

Angelos fühlte sich nicht wohl. Sicher. Giorgios hätte das Medikament ohne seine Hilfe nicht bezahlen können. Aber wenn ich ein Fake-Medikament bestellt habe, würde ich mich trotzdem schuldig fühlen. Es muss sofort geklärt werden. Es ging auch um die anderen Atdivo-Patienten.

Groß zum Nachdenken kam Angelos nicht, weil Eleni in sein Büro gestürmt kam.

„Chef, man hat eine Tote gefunden. In Lia. Der Name ist Eleni Markou."

„Und wer ist bitte ‚man'?", fragte Angelos, bei dem das Wort ‚man' ganz oben auf der Allergieliste stand.

„Die Putzfrau. Aber sie sagt, sie habe gedacht, sie schläft nur. Erst als sie nicht reagiert hat, fühlte sie den Puls. Blut gibt es keines. Könnte ein natürlicher Tod sein!"

Angelos schüttelte den Kopf.

„Das glaube ich nicht. Ich wette, es ist ein Wirbel- oder Genickbruch!"

„Hellseher?", fragte Eleni verwundert.

Angelos lachte.

„Aber bitte erzähle es niemand. Sonst nennt man mich noch ‚den Emir mit der Glaskugel!"

Eleni Markou. Was für ein Zufall – der bestimmt keiner war. Und dann noch dazu in Lia – genau am anderen Ende der Insel.

Angelos griff zum Handy.

„Alex? Die Markou ist tot. Wir waren zu langsam.

Wir treffen uns in 15 Minuten an der Abzweigung in Ano Mera. Geht das bei dir?"

Natürlich ging es.

Alex fluchte. Er war gerade auf dem Weg zur Post. Wir kommen nicht nach, dachte er.

„Hast du eigentlich die falschen Namen an den Flughafen und den Hafen weitergegeben?"

„Ach Alex. An dem Tag, an dem wir die Liste vom ‚Kouros' bekommen haben. Ganz verwirrt bin ich noch nicht! Bis gleich!"

32

Es war unschwer zu erkennen: Eleni Markou musste einen Zusatzverdienst haben. Oder besser: gehabt haben.

Von außen sah das Häuschen bescheiden aus. Nach Betreten allerdings konnte man glauben, man wäre nach Chelsea oder in die Hamptons gebeamt worden.

„Geschmack hatte die Dame. Das muss man ihr lassen. Und sie hat alles richtig gemacht. Nach außen bescheiden bleiben. Kein neues Haus, kein großes Auto. Dann gibt es keinen Neid und die Steuerfahndung wird auch nicht neugierig. Außer es passiert ein Mord. Und ist selbst das Opfer!", sagte Angelos.

„Geholfen hat ihr all das Geld nicht", antwortete Alex beim Blick auf die Leiche.

„Sie schaut aus, als ob sie schlafen würde. Ich würde nicht auf Mord tippen, auch wenn das Alter für einen natürlichen Tod … Du bist dir sicher?"

„Sicher bin ich mir nicht. Wie auch? Ich bin nicht Gott. Aber es würde passen. Und uns helfen, wenn Spuren von diesem Mord zum anderen führen. Also starten wir die Plastikorgie", sagte Angelos. Plastikoverall, Einweghandschuhe, Pinzetten, Plastikampullen.

„Ich bin zu alt für diesen Mist", stöhnte Alex. Angelos lachte.

„Du bist 36!"

33

In der Klinik nahm Angelos Alex beiseite.
„Ich halte mich zurück, sonst wird er wieder sauer!"

„Einen Teufel wirst du. Du sagst, was du vermutest. André sollte froh sein, dass jemand seine Fehler korrigiert!"

„Er ist gar kein ausgebildeter Pathologe. Ich verstehe nicht, warum er das immer so persönlich nimmt", sagte Angelos.

„Ich glaube, es ist etwas Anderes", antwortete Alex.

„Du meinst, er mag mich nicht!"

„Ich glaube, es ist eher, dass er mich mag", sagte Alex.

„Und du?", hakte Angelos nach.

„Ich mag ihn auch. Mehr nicht. Und nein, ich habe nicht mit ihm geschlafen. Es ist nicht das Gleiche wie bei dir und Khaled", antwortete Alex.

„Das musste ja jetzt kommen", knurrte Angelos und ging in die Pathologie hinein. Oder besser: das Pathologie-Zimmer.

„Ah, Herr Professor Nikakis", begrüßte André Angelos.

„Leck mich, André"!

Angelos stürmte hinaus.

„War das nötig? Er hatte nun mal mit allem recht. Und? Du solltest die Größe haben, es anzuerkennen!", sagte Alex laut.

„Manchmal erstaunst du mich. Du nimmst ihn in Schutz, obwohl er es nicht erwarten konnte, zu seinem Scheich ins Bett zu hüpfen!"

„Ich wusste davon. Er hat mich gefragt. Könnten wir jetzt bitte zu der Leiche kommen?"

„Er kann tun, was er will, du klatscht Beifall", ätzte André.

„Wenn wir weiterhin Freunde bleiben wollen, dann lass diese Gestänker. Angelos ist mein Mann. Angelos bleibt mein Mann!"

„Hoffentlich sieht er das genauso. Aber bitte, was hat er diagnostiziert?"

„Vermutet! Angelos vermutet die gleiche Todesart wie bei Irini!"

André beugte sich über die Leiche und untersuchte das Gewebe um die Ohren und am Hals.

„Etwas mehr Blutergüsse wie bei Irini. Ich vermute, weil die hier einen normalen INR hat. Wir müssen sie drehen, Alex!"

André fluchte.

„Warum haben Frauen immer so lange Haare. Wir laufen doch auch nicht so herum!"

Alex lachte.

André tastete die Halswirbelsäule ab.

„Zum Röntgen, gnädige Frau!"

„Du wirst noch ein richtiger Pathologe. Die geschmacklosen Witze machst du schon!", sagte Alex.

Zehn Minuten später kam Alex aus der Klinik. Angelos unterhielt sich gerade mit der Kioskbesitzerin. Besser gesagt: sie redete.

Der Verkehr. Der Gestank.

„Danke für die Rettung, Alex. Die hätte mir noch Stunden die Ohren voll gequengelt. Und?"

„Du hattest recht. Auch wenn es André nicht gefällt", sagte Alex grinsend.

„Gut. Es ist also derselbe Mörder. Irini war Prostituierte, Eleni die Chefin. Hass auf Huren? Ob Eleni überhaupt eine war?", fragte Angelos.

„Das glaube ich nicht. Zumindest nicht in letzter Zeit. Sehr attraktiv war sie nicht", antwortete Alex.

„Wirklich nicht. Wo zum Teufel soll da eine Verbindung sein? Und hatte sie Angehörige hier? Oder einen Freund? Die Wohnung sah nach Single aus. Im Bad waren nur Frauensachen", sagte Angelos.

„Frauensachen?"

„Tampons und so ekliges Zeug!"

Alex lachte.

„Fragen wir doch Giorgios. Der kennt doch jeden hier!"

Angelos griff zum Handy.

„Hallo, E .. äh, Chef! Eleni Markou? Sicher. Sie war mal verheiratet. Ihre Eltern leben in Ornos. Ursprünglich hieß sie Kotsaki!"

„Was bitte? Kotsaki? Es gibt doch eine Apotheke am …"

„Ja. Das ist die Schwester!"

Jetzt wird es kompliziert, dachte Angelos.

34

Der nächste Morgen brachte zwei wichtige Erkenntnisse: zuerst rief das Labor aus Athen an.

„Herr Nikakis, das Medikament enthält zwar die korrekten Wirkstoffe, aber in viel zu geringer Konzentration!"

„Sie meinen, man hat es gestreckt – wie bei Drogen?"

Angelos bekam eine Gänsehaut. Giorgios´ Tochter.

„Sagen wir: die Vorgehensweise ist ähnlich!"

„Von wieviel geringerer Wirksamkeit sprechen wir?"

„Schwer zu sagen. Denn um die Hälfte reduzierte Wirkstoffe bedeutet nicht, dass es halb so gut wirkt. Das hängt vom Triggerpoint ab!"

Triggerpoint. Idiot.

„Also kann ein Medikament auch mit 50% komplett unwirksam sein, weil der Triggerpoint bei 70% liegt, richtig?"

„Laienhaft ausgedrückt, ja!"

„Und jetzt fragt der Kommissar-Laie: wie hoch ist der Anteil des tatsächlichen Wirkstoffes am Gesamtvolumen?"

„Unter 30 Prozent!"

Angelos musste sich setzen.

Man streckt ein Medikament für 4.000 Euro grob mal drei, macht 12.000 Euro abzüglich der Kosten für die Umverteilung auf drei Kapseln und dem Hinzufügen des Füllstoffs. Bleiben vielleicht 7.800 pro Medikament.

Bei einem Krebsmedikament. Für Kinder wie Giorgios´ Tochter.

Die Apotheke war beim Gesundheitsministerium registriert und von diesem zertifiziert worden.

Angelos hatte nach Erhalt des Päckchens in Athen angerufen und das Medikament dann Giorgios gegeben.

Er bekam eine Gänsehaut bei dem Gedanken, dass auch niedergelassene Apotheker diese gestreckten Medikamente verkaufen. Worauf soll man sich denn verlassen? Jedes Medikament ins Labor bringen?

In den Kliniken? Würden die gestreckten Medikamente benutzen, würden sie eher entdeckt und verklagt. Also müssen deren Lieferanten über jeden Verdacht erhaben sein, wobei …

Vielleicht hat André in der Klinik ja Atdivo auf Lager.

Aber da muss Alex anrufen, dachte Angelos.

Schnell, damit Giorgios´ Tochter endlich das richtige Medikament bekommt.

Er griff zum Handy.

Zeitgleich kam Alex zur Türe herein.

„Gegrüßt sei der Emir!"

„Rutsch mir …", antwortete Angelos.

„Deine Laune wird sich bald bessern. Du wirst es kaum glauben. Der alte Mantanzas von der Post kann sich genau erinnern, wer das Päckchen aufgegeben hat!"

Alex war ganz aufgeregt.

„Die Kotsaki", sagte Angelos.

„Du kannst einem auch jeden Spaß verderben", knurrte Alex.

„Woher …"

„Haben wir noch eine Apothekerin, in deren Umgebung ein Mord geschah?", fragte Angelos.

„Dazu braucht man keine Glaskugel!"

„Trotzdem. Es war nicht das einzige Päckchen. Mantanzas kann sich deswegen erinnern, weil es kleine Päckchen waren und die Kotsaki mit ihm gestritten hat, ob die Päckchen die korrekte Höhe haben. Sie waren zwei Millimeter zu hoch und daher 60 Cent teurer. Sie hat getobt und Mantanzas weiß noch genau, wann das war!"

„Am Tag des Poststempels. Ich fasse es nicht. Eine Apothekerin von der Insel verkauft gefälschte, wirkungslose Medikamente!"

„Was bitte?"

„Das Labor aus Athen hat angerufen!"

Angelos schilderte Alex kurz das Ergebnis des Telefonats.

„Hier von der Insel? Und deswegen sterben Menschen und Kinder?"

„Zumindest sterben sie früher. Das ist Mord. Heimtücke und Habgier. Da nützt der Kotsaki auch nicht, dass alle Patienten Krebs haben oder hatten! Aber das einzig Witzige ist, dass sie auffliegt, weil sie so dumm war, die Päckchen nicht auf Naxos aufzugeben und hier auch noch auf der Post herumzustreiten. Ihr Geiz bringt sie jetzt ins Gefängnis!"

„Na ja, nachdem Irini tot war, hatte sie keine Mitarbeiterin mehr und konnte vielleicht nicht lange aus der Apotheke fort!"

„So wird es gewesen sein!", sagte Angelos.

„Haftbefehl?", fragte Alex.

„Nein. Wir brauchen noch eine Querverbindung zu Irini und Eleni. Wenn Kotsakis Schwester stirbt, hängt sie irgendwie mit drin. Wie, weiß ich nicht."

„Dann fahren wir doch mal hin und befragen die Dame", schlug Alex vor.

„Und warnen sie? Nein. Ich habe mir den Plan angesehen. Hundert Meter weiter hängt eine unserer Kameras. Da schauen wir uns mal die letzten Tage an!"

Alex stöhnte.

„Besserer Vorschlag?", fragte Angelos.

Alex schüttelte den Kopf.

„Dann ab nach Hause in die Kamerazentrale, aber vorher musst du bei André vorbei und ein Medikament holen!"

Alex verstand nichts.

„Giorgios hat das falsche Medikament bekommen. André muss das richtige haben. Er wird nach dem Geld fragen. Sag ihm, er bekommt es morgen und soll uns, nein, dir, einen guten Preis machen. Wahrscheinlich bekommst du es umsonst, wenn du mit ihm schläfst", sagte Angelos grinsend. Es war ein Spaß.

„Ich bin nicht du", antwortete Alex und sogleich tat es ihm leid.

Doch es war zu spät.

Der Satz stand im Raum.

35

Die Küche im Hause Nikakis in Ornos war eher eine Kommandozentrale, denn ein normaler Raum.

Die Monitore der Überwachungskameras füllten eine komplette Wand. Homeoffice à la Mykonos. Und preiswert, denn das Einrichten im Rathaus hätte ungleich mehr gekostet. Also lag es nahe, alles in Ornos zu installieren, eben im Haus der beiden Kommissare (und damit auch des Bürgermeisters).

Am Küchentisch saßen also Alex und Angelos und schütteten einen Espresso nach dem anderen in sich hinein. Polizeiarbeit ist Sisyphus-Arbeit und:

langweilig, besonders Obervierungen oder wie hier das Ansehen von Kameraaufnahmen.

Im Falle der Apotheke Kotsaki hatte Angelos das Glück, dass die Kamera den Eingangsbereich gut erfasst hatte. Die Gesichter waren relativ gut zu erkennen. Nur: es waren die falschen. Vier Tage im Schnelldurchlauf – und kein einziger Kunde, der nicht von der Insel stammte. Klar: Touristen nutzen die Apotheken im Zentrum oder an der Umgehungsstraße. Kotsakis Apotheke aber lag an der Zufahrt zum Flughafen und nur Einheimische holten dort ihre Medikamente.

„Noch eine Stunde länger und ich kündige", knurrte Angelos.

„Bei wem? Bei dir selbst?", fragte Alex zurück.

„Können wir uns nicht abwechseln?", schlug Angelos vor.

„Damit du Prinzen-SMS schicken kannst?", antwortete Alex.

Was rede ich da?

Und Angelos gefroren erwartungsgemäß die Gesichtszüge ein.

„Ich sollte öfters Prinzen-SMS schicken. Der schlägt nicht unter die Gürtellinie, im Gegensatz zu dir!"

„Entschuldige", sagte Alex leise.

Du kannst dich entschuldigen wie du willst. Du meinst es nicht ernst. Es sprudelt einfach heraus, dachte Angelos.

Und so herrschte minutenlang Funkstille. Die Bilder liefen weiter.

Dann schoss Angelos urplötzlich nach oben.

„Stopp! Zurück!"

Das Standbild zeigte ein bekanntes Gesicht.

„Das ist Petryak! Der fette Ukrainer. Was will denn der bei der Kotsaki?", fragte Angelos.

Alex war in Gedanken noch bei seinem verbalen Fehltritt und überlegte, wie er das häusliche Klima wieder verbessern könnte.

„Erde an Alex. Jemand zuhause?", fragte Angelos.

„Petryak. Der ukrainische Investor. Und der Absender auf den Päckchen war eine ukrainische Firma, obwohl es aus Kotsakis Apotheke stammte. Gut – könnte Zufall sein. Ukrainische Firmen gibt es zuhauf und Verbindungen gibt es garantiert keine, zumindest finden wir bestimmt … Alex???"

Alex starrte wie gelähmt auf den Monitor.

„Was ist mir dir?", fragte Angelos. „Du siehst aus, als hättest du den Leibhaftigen gesehen. Das ist nur der Dicke mit dem Golfplatz!"

Nein, Angelos. Das ist nicht nur der Dicke mit dem Golfplatz. Aber ich darf mir nichts anmerken lassen, dachte Alex.

„Entschuldige. Er war in der Apotheke. Und? Was soll das beweisen?"

„Gar nichts. Aber vielleicht klappt die Kotsaki zusammen, wenn wir sie etwas härter anfassen", antwortete Angelos.

„Aber nicht mehr heute", sagte Alex und versuchte, möglichst gleichgültig zu wirken.

Eine Stunde später lagen die Herren Nikakis im Bett. Angesichts der atmosphärischen Störungen fiel der tägliche Sex derzeit flach. Während Angelos tief und fest schlief, raste Alex´ Herz. Es gab keinen Zweifel. Der Ukrainer war es.

Aber festnehmen wäre keine Lösung, denn das Video war das einzige Beweisstück. Es müsste dem Anwalt des Beschuldigten zur Verfügung gestellt werden. Im Gericht müsste es gezeigt werden. Das würde Angelos vernichten.

Somit war der legale Weg keine Option.

Und dann gewann in Alex´ Hirn etwas die Oberhand, was den Gang der Dinge in eine verhängnisvolle Richtung lenkte: der Hass.

Hass auf einen Menschen, nein, ein Tier, das zu einer solchen Tat fähig war. Hass auf das Tier, das all das meinem Ehemann angetan hat.

Wenn er mein Ehemann bleibt. Angelos will bei mir bleiben, aber ich verhalte mich so, als wollte ICH es nicht. Dabei könnte ich ohne ihn nicht leben.

In diesem Gehirnkarussell verabschiedeten sich die Abteilungen Logik und Vernunft.

Und Alex traf eine Entscheidung. Wichtig war nur eines: Angelos durfte nichts erfahren und das würde schwierig werden. Denn Kommissar Angelos Nikakis roch berufsbedingt jeden Braten.

36

Sollte Stela Kotsaki die Absicht gehabt haben, aus dem Gespräch unbeschadet hervorzugehen, so scheiterte dies bereits nach wenigen Sekunden.

Es war ein Trick. Kein raffinierter, aber wirkungsvoll.

Angelos zog eine Aufnahme aus einem Kuvert. Das Bild zeigte Giorgios´ Tochter in ihrem Krankenbett und hing an gefühlt 50 Schläuchen.

„Dieses Kind stirbt, weil Sie gestreckte und gefälschte Medikamente verkaufen!"

Es folgte ein letztes Aufbäumen im Hinterraum der Apotheke.

„Damit habe ich nichts zu tun!", schrie Kotsaki. Es folgte das nächste Foto.

„Wer soll das sein?", fragte Kotsaki gereizt.

„Das, gnädige Frau, ist Herr Mantanzas von der örtlichen Post. Bei ihm haben Sie die Päckchen aufgegeben und mit ihm um das Porto gestritten. Möchten Sie das Ganze auf Video sehen?", fragte Angelos mit einem sadistischen Grinsen.

Bei „Gnädige Frau" bestand für jedes weibliche Wesen höchste Gefahr. Nach diesen zwei Worten kam von Angelos immer eine Breitseite, meist final. Und die Breitseite verfehlte ihre Wirkung nicht. Stela Kotsaki sackte in sich zusammen.

„Und jetzt die ganze Geschichte, gnädige Frau. Und vergessen Sie bitte nicht Herrn Petryak, der bei Ihnen sicher kein Ibuprofen gekauft hat!"

Ein Schuss ins Blaue. Angelos hatte nichts in der Hand, es war nur ein Gefühl und ein zarter Hin-weis, der bei jedem Richter einen Lachanfall hervorrufen würde, sollte man einen Haftbefehl beantragen.

Kotsaki ließ sich auf den Bürostuhl fallen vergrub den Kopf in ihren Händen.

„Ich warte", sagte Angelos.

„Was sollte ich denn tun? Sie sehen ja selbst. Meine Apotheke liegt nicht gerade günstig. Dann kam die Krise hinzu und der Umsatz ging immer weiter zurück!" Angelos konnte es nicht mehr hören.

„Die Krise traf alle. Sie ist keine Rechtfertigung für Mord!"

„Mord? Ich habe niemand ermordet!", schrie Kotsaki.

„Der Verkauf von gefälschten und gestreckten Medikamenten führt im schlimmsten Fall zum Tode der Patienten, darunter Kinder. Die Patienten waren arglos, das Motiv Habgier, ergibt: Mord. Sie werden den Rest Ihres Lebens im Gefängnis verbringen!"

Das war etwas dick aufgetragen, aber es verfehlte seine Wirkung nicht.

Kotsaki begann zu weinen.

Sehr gut, dachte Angelos. Ab jetzt wird es interessant.

„Es war vor vier Monaten. Ein Vertreter einer ukrainischen Pharmafirma. Er sprach über eine Möglichkeit für Apotheken, trotz der Krise zu überleben. Seine Firma biete ein Komplettpaket an. Den Aufbau eines Online-Shops mit Zertifikat vom Gesundheitsministerium. Das kostet normal 800 Euro und dauert ein halbes Jahr! Sie kennen das doch!"

Ja, das kannte Angelos. Es war das Grundübel Griechenlands. Ein unorganisierter, aufgeblähter öffentlicher Dienst, der sich seit Jahren um sich selbst dreht und die Bürger (und Bürgermeister) mit Tonnen von Papier überschüttet. Und jedes Papier kostet.

„Er meinte, ich bekäme die Hälfte des Gewinns, den der Shop erwirtschaftet. Die Medikamente wären im Einkauf deutlich billiger, weil sie aus Pakistan kämen. Die Medikamente seien aber identisch mit den europäischen, mit Bestätigung eines pharmakologischen Instituts aus Kiew!" Angelos lachte.

„Und das haben Sie geglaubt, weil Sie es glauben wollten", sagte Angelos.

„Ich wusste nicht mehr weiter. Ich sollte lediglich den Versand organisieren. Da die Medikamente sehr teuer waren …"

„ … wurden die Packungen persönlich vorbeigebracht. Es waren ja keine Riesenkartons. In einem normalen Koffer problemlos unterzubringen. Bei der Ausfuhr interessiert sich der ukrainische Zoll nicht dafür und bei uns fehlen Personal und Geräte", ergänzte Angelos.

„Dass die Patienten zumindest hier auf der Insel alle verstarben, hat Sie nicht stutzig gemacht?"

„Herr Nikakis, bei allem Respekt, Sie sind kein Pharmakologe. Die meisten Krebsmedikamente heilen den Krebs nicht, sie verlängern lediglich das Leben – oder die Leidenszeit. Fragen Sie doch Dr. Silva in der Klinik!"

„Alex, das machst dann am besten du", sagte Angelos mit süffisantem Lächeln.

Alex lief knallrot an.

„Mache ich. Aber ich lasse meine Hose oben. Im Gegensatz …"

Es war kurzzeitig still im Raum.

„Betrug ja. Das gebe ich zu. Der Vorwurf, ich hätte getötet, ist lächerlich. Die Menschen wären ohnehin gestorben. Atdivo heilt keinen Krebs. Aber das erzählt man den meisten Patienten nicht!"

„Und was hat Ihre Schwester damit zu tun?" Kotsaki war überrascht.

„Eleni? Nichts. Wie kommen Sie denn darauf? Es war doch wohl ein Raubmord, oder?"

Angelos und Alex blickten sich fragend an.

„Sie hat mit ihrem Escort-Service gutes Geld verdient und ihre Inneneinrichtung war vom Feinsten!"

„Erst der Mord an Ihrer Mitarbeiterin, dann stirbt Ihre Schwester und Sie glauben, das alles hinge nicht zusammen?", fragte Angelos.

„Ich hatte ehrlich gesagt genug eigene Probleme", antwortete Kotsaki.

„Wie oft war Herr Petryak bei Ihnen?"

„Wieso Petryak?", fragte sie erstaunt. „Ich habe mich vorhin schon gewundert. Der Mann hieß Jarmo .., warten Sie, Jarmolenko!"

Angelos und Alex sahen sich fragend an.

„Sie sind sich sicher, dass das der richtige Name des Mannes ist?!"

„Sicher. Ich war zunächst misstrauisch und habe mir seinen Pass zeigen lassen. Gut, der kann auch gefälscht gewesen sein!"

Aber Angelos war schon abwesend und ging sein Gedankenarchiv durch. Jarmolenko? Woher kenne ich den Namen?

Verflixt.

Natürlich. Der Name stand auf der Namensliste des „Kouros". Er war Gast in der Nacht, als Irini ermordet wurde.

„Gut. Ich lasse Sie vorläufig auf freiem Fuß, aber Sie bleiben auf der Insel. Versuchen Sie es erst gar nicht!", sagte Angelos.

Als Alex und Angelos wieder im Auto saßen, sagte Alex:

„Fahndung bei den Hotels?"

Angelos lächelte.

„Nicht nötig. Herr Petryak alias Jarmolenko hat heute Nachmittag einen Termin bei mir!"

Alex bekam eine Gänsehaut.

„Ich komme mit. Du bleibst nicht alleine mit einem Mörder", sagte er.

Angelos sah Alex verwundert an.

„Seit wann brauche ich denn einen Bodyguard?", fragte Angelos.

Weil der Mann kein herkömmlicher Mörder, sondern ein Tier ist, dachte Alex, sagte es aber nicht.

37

Dass das Kamerabild mit dem Passbild übereinstimmt und er einen anderen Namen verwendet hat, ist nur ein Indiz. Bei den gefälschten Medikamenten steht Aussage gegen Aussage. Petryak alias Jarmolenko. Wir müssten ihn mit den Medikamenten in flagranti erwischen und die Chance ist gleich null. Also nehmen wir ihn wegen des Mordes in die Zange. Und flunkern ein bisschen. Vielleicht passiert dasselbe wie bei der Kotsaki", schlug Angelos vor.

„Der ist eine andere Hausnummer als eine ver-
zweifelte Apothekerin", wand Alex ein.
„Weil er Mann und Ukrainer ist?", fragte Angelos.
Nein, weil er ein Tier ist. Aber Alex sprach es nicht
aus.
Ich werde ihn gleich sehen. Lächeln und nichts
anmerken lassen, Alex! Sonst entkommt er.

38

Jarmolenko betrat das Büro von Bürgermeister
Angelos Nikakis. Breitestes Business-Lächeln.
„Aha. Sie brauchen einen Zeugen? Bei mir
reicht ein Handschlag", sagte der Ukrainer grin-
send.
Er meinte Alex, der am Nebentisch saß.
Angelos bot Jarmolenko keinen Stuhl an, sondern
ging zu dem Tisch, auf dem Karten lagen.
„Ah, Herr Bürgermeister kommt gleich zur Sache.
Gefällt mir!"
„Das bezweifle ich. Schauen Sie doch etwas
genauer hin!"
Jarmolenko ging näher heran und erkannte
mehrere rote und blaue Fähnchen, die aber weit
von dem Projektfeld entfernt in der Karte steckten.
„Und was haben die Fähnchen mit unserem Hotel
zu tun?"
„Viel", sagte Angelos und verschränkte die Arme.
„Die blauen Fähnchen gehören zum ersten Fall.
Jedes Fähnchen steht für einen Patienten, der von

Ihnen ein gefälschtes Medikament bekam.
Vertrieben über die Apotheke Kotsaki!"
„Was reden Sie für einen Unsinn?", blaffte
Jarmolenko.
„Kommen wir doch zu den roten Fähnchen.
Das erste ist das ‚Kouros'. Dort haben Sie über-
nachtet, als Irini ermordet wurde. Sie haben sie als
Begleitung für die Nacht gebucht. Und sie dann
getötet!"
Jarmolenko lachte.
„Warum soll ich eine billige Hure umbringen? Weil
sie schlecht geblasen hat?"
Jarmolenko lachte laut über seinen Scherz.
„Nein. Ich vermute, sie hat die Pläne gesehen und
gedacht, das schaue ich mir genauer an. Es ging
um Grundstücke und damit um viel Geld. Sie hat
Eleni angerufen und ihr kurz davon erzählt. Eleni
sagte ihr, sie solle Fotos machen – und aufpassen.
Letzteres tat sie nicht, denn Sie, Jarmolenko,
haben sie dabei beobachtet. Das war Irinis Todesurteil. Da Sie im Hotel wohnten, mussten Sie die
Mauer nicht überwinden und konnten sie im Pool
entsorgen!"
Noch immer schien Jarmolenko unbeeindruckt.
„Nun, haben Herr Bürgermeister einen Beweis für
seine abstruse Theorie?"
„Geduld. Eleni, Irinis Chefin, witterte tatsächlich
das große Geld. Sie erkannte sofort, dass es sich
um Grundstücke rund um den Stausee handelt
und wollte mitverdienen. Einer der Besitzer hatte
ihr in Windeseile ein Grundstück verkauft und zwar
eines der wichtigen an der Zufahrt. Sie wusste, Sie

würden es brauchen. Es gibt keine andere Anfahrtsmöglichkeit!"

„Aha. Und woher wissen Sie das?"

„Weil Eleni Markou den Kauf sofort notariell beglaubigen ließ und sie auf dem neuesten Ausdruck des Katasteramtes, den ich hier in den Händen halte, als Eigentümerin geführt wurde. Das war Elenis Todesurteil, zudem sie ja auch als Einzige wusste, dass Irini für das ‚Kouros' gebucht worden war. Im Übrigen sollte man als Mörder niemals zwei Mal die gleiche Methode anwenden. Das schafft irgendwie Verbindungen", meinte Angelos grinsend.

„Es gilt noch immer meine Frage von vorhin: wo sind die Beweise?", fragte Jarmolenko, nun doch gereizt. „Hätten Sie welche, würde ich hier nicht sitzen, oder?"

„Wissen Sie, wenn man als Kommissar die ganze Geschichte beisammen hat, geht man einfach die ganze Wegstrecke ab und findet dann das eine oder andere Puzzleteil. Man weiß ja, wie das fertige Bild aussieht. Wir finden garantiert noch Gewebereste in Ihrem Zimmer im ‚Kouros' und auch in Elenis Haus. Uns fehlte bisher nur das Gegenstück!"

„Natürlich finden Sie Gewebespuren der Hure in meinem Zimmer. Sie war ja zum Ficken da", sagte Jarmolenko lapidar.

„Sie hat Ihr Zimmer lebend betreten und war nach dem Telefonat mit Eleni wenig später tot", entgegnete Angelos.

„Dann wird sie noch einen Kunden gehabt haben. Und Eleni Markou kann das Telefonat wohl nicht mehr bezeugen!"

Angelos hätte dem fetten Ukrainer fast ins Gesicht geschlagen.

„Ich hätte noch eine andere Idee. Ich rufe die Angehörigen der verstorbenen Krebspatienten zusammen und lade sie zu einem Besuch in Ihrer Zelle ein. Und die Kameras schalte ich aus. Na, wie wäre das?"

Alex hätte beinahe losgelacht. Ja, das wäre eine Angelos-Methode.

„Du kleiner, schwuler Wichser. Ich hätte dir damals die Klobü ...", begann Jarmolenko, bremste sich aber.

„Alex, würdest du den Herrn bitte ins Gericht bringen?"

Gericht hieß Zelle, denn im Gerichtsgebäude an der Straße nach Tourlos gab es im Untergeschoss zwei Zellen. Sozusagen das Inselgefängnis.

Die Beweise werden uns noch erhebliche Schwierigkeiten bereiten, dachte Angelos.

Und noch immer frage ich mich, woher ich das Gesicht kenne.

39

„Wir fahren zuerst ins ‚Elysium'. Dort können Sie Waschzeug und Kleidung einpacken. Ihr Aufenthalt wird wohl etwas länger dauern", sagte Alex vergnügt.

„Fick dich", antwortete Jarmolenko, der in Handschellen auf der Rückbank saß.

„Jassas", sagte Alex zu Hotelmanager Markaris, der auf seinem Platz an der Rezeption saß und mit offenem Mund Alex anstarrte, der den Mann in Handschellen in den Gang nach rechts schob. Gott sei Dank liegt das Zimmer im Erdgeschoss ganz vorne. Auf Erklärungen hatte Alex keine Lust. Er schob Jarmolenko in das Zimmer.

„Wie soll ich mit Handschellen meine Sachen packen?", fragte dieser.

„Dort, wo du hingehst, brauchst du keine Sachen mehr", sagte Alex, schraubte den Schalldämpfer auf die Glock und schoss Jarmolenko in das rechte Knie.

Der Ukrainer schrie auf und stürzte. Schnell war Alex bei ihm und stopfte ihm ein paar Socken in den Mund, das auf dem Betttischchen lag. Noch war es zu früh für Zeugen.

„Ich nehme die Socken wieder heraus, aber wenn du nur einen Muckser von dir gibst, schieße ich dir die Hoden weg. Verstanden?", sagte Alex leise.

Jarmolenko nickte, stöhnte aber. Ein Knieschuss ist mehr als nur schmerzhaft.

„Wer bist du?", presste der Ukrainer heraus.

„Angelos´ Ehemann!"

Die Augen des Ukrainers weiteten sich zunächst, dann folgte eine Mischung aus Begreifen, Stöhnen und Lachen.

„Du hast die CD gesehen?"

Alex nickte.

„Du siehst, ich hatte den kleinen Knackarsch vor dir. War ´ne nette Party!"

Wieder hustete und stöhnte Jarmolenko.

Erstaunlicherweise blieb Alex ruhig.

„Ich hätte ihn fast nicht wiedererkannt. Wie auch. Das Gesicht habe ich ja fast nicht gesehen. Er hat gequiekt wie ein Schwein, der Herr Bürgermeister! Und hatte jetzt offensichtlich keine Ahnung, wer vor ihm sitzt! Köstlich!"

„Er weiß es bis jetzt nicht", sagte Alex ruhig.

„Du solltest mir dankbar sein, denn ich habe ihn für dich geweitet!"

Wieder lachte Jarmolenko, stöhnte aber zugleich.

„Was für ein dummer Zufall, wenn man vier Jahre später seinem Opfer begegnet, das keine Ahnung hat, wer vor ihm sitzt", sagte Alex.

„Du bist ein Tier, nichts anderes", fügte er hinzu.

„Vielleicht hat es dem Kleinen gefallen?", fragte Jarmolenko.

Alex dachte an das schmerzverzerrte Gesicht auf dem Video und an die zahllosen schlaflosen Nächte, die Angelos durchleben musste.

„Er wäre fast daran zerbrochen", sagte Alex. Die Stimme wurde zusehends leiser.

„Das war doch nur etwas härterer Sex", antwortete Jamolenko.

„Das war eine Vergewaltigung der schlimmsten Art. Und Folter!"

„Und was hast du jetzt vor? Mich erschießen? Dann kommst du in den Knast und die ganze Geschichte kommt ans Licht. Der Herr Bürgermeister, Opfer hin oder her, kann abdanken. Also lassen wir die Sache einfach ruhen. Sagen wir, der Schuss habe sich versehentlich gelöst!"

Alex lächelte und stopfte Jarmolenko wieder die Socken in den Mund.

„Nein!", lautete Alex´ Antwort.

Alex stellte sich über Jarmolenko, richtete die Glock auf die Schulter des Ukrainers. Und drückte ab.

Ein dumpfer Aufschrei war zu hören. Blitzschnell bückte sich Alex, zog Jarmolenko die Hose herunter und drehte den stöhnenden Mann auf den Bauch.

Dann ging Alex in das Badezimmer und kam mit der Klobürste wieder heraus.

„Mal sehen, ob es dir Spaß macht", sagte Alex und rammte Jarmolenko die Bürste in den Anus. Der Körper bäumte sich auf.

„Das ist schlimmer als jede Kugel, nicht?", fragte Alex. Er beugte sich über den Ukrainer und flüsterte dem Ukrainer ins Ohr: „Aber es geht noch weiter!"

Und rammte die Bürste tiefer in den Körper hinein. Der Kopf Jarmolenkos schien zu platzen vor lauter Schmerzen. Vergessen waren die Schusswunden.

„Wir sind noch nicht fertig. Wir drehen noch ´ne Runde", sagte Alex und zog die Bürste wieder zurück, um sie anschließend mit voller Kraft wieder hineinzurammen.

Der Ukrainer wurde ohnmächtig.

Viel zu früh, dachte Alex. Schade.

Ruhig schraubte er den Schalldämpfer ab und schoss Jarmolenko in den Kopf.

Der Knall war ohrenbetäubend.

Es dauerte nur wenige Sekunden, bis der Hotel-manager im Raum stand.

Fassungslos starrte er auf Alex und die Leiche
„Rufen Sie bitte meinen Mann an", sagte Alex mit
ruhiger Stimme.
Als Angelos vollkommen außer Atem im „Elysium"
eintraf, saß Alex im Sessel. Und noch immer hatte
er in der einen Hand die Pistole, in der anderen
die blutige Klobürste.

Eine Stunde später schrieb Angelos eine SMS an
Khaled.
ICH BRAUCHE DEINE HILFE. SOFORT. ANGELOS.

40

2 0 Minuten später saß Angelos noch immer in
der Küche. In der gleichen Position. Es
herrschte Leere in seinem Kopf.
Und es kam keine Antwort von Khaled. Was
erwarte ich eigentlich von ihm? Dass er zuhause
sitzt und nur auf einen Hilferuf von mir wartet? Ich
war zwar ehrlich zu ihm, das schon, aber er wird
wohl seine Konsequenzen daraus gezogen
haben. Aussichtslose Liebe hält nicht ewig. Ja, ich
liebe ihn, aber ich habe mich für Alex entschieden, weil ich auch ihn liebe. Und gerade jetzt
kann ich ihn nicht alleinlassen, dachte Angelos.
Erst da begriff Angelos die Tragweite. Sie würden
BEIDE allein sein, wenn Alex im Gefängnis sitzt. An

diesem Punkt setzte das Gehirn aus und weigerte sich weiterzudenken. Kommt Alex ins Gefängnis, und daran war nicht zu zweifeln, kann ich nicht zu Khaled.

Das brächte ich nicht übers Herz. Ich müsste immer an Alex in der Zelle denken.

Alex in der Zelle. Wegen mir. Habe ich diesen Hass in ihm erzeugt? Ich habe fast nie über die Vergewaltigung gesprochen. Natürlich wollte ich, dass diese Tiere bezahlen, aber wenn ich keine Selbstjustiz verübe – und das als Opfer! – warum dann Alex? Weil er mir seine Liebe beweisen will? Das braucht er nicht. Nun haben die Täter es wirklich geschafft. Mich zu zerstören. Und das Leben eines zweiten.

Angelos sah keinen Ausweg. Es war Mord, keine Frage.

Dass das Opfer ein Vergewaltiger und Mörder war, spielt keine Rolle. Alex hatte die Tat geplant. Das Opfer arglos, der Täter mit Vorsatz, hinzu kommt: keine Reue.

Macht lebenslänglich.

Plötzlich brummte das Handy und Angelos fuhr zusammen:

ANKUNFT JMK 03.30 EET. STARTE GERADE VON DUB. KEINE SORGE. ICH HELFE. ICH LIEBE DICH. KANNST DU MICH ABHOLEN? KHALED.

JMK. Der Flughafencode von Mykonos.

Er startet? Er hat die SMS vor 20 Minuten bekommen. Sicher, er hat einen eigenen Jet, aber er muss sofort losgerannt und -gefahren sein.

Zum ersten Mal an diesem Tag verspürte er Erleichterung. Ich bin nicht alleine und ich brauche Hilfe. Missbrauche ich Khaled? Erwarte ich von ihm, dass ausgerechnet er Alex hilft?

Angelos war hin- und hergerissen. Khaled würde die Situation nicht ausnutzen, aber nutze ich ihn aus?

Ich kann nicht mehr klar denken.

DANKE. WEISS NICHT MEHR WEITER. HOLE DICH AB. LIEBE DICH AUCH. ANGELOS.

Diesmal kam die Antwort sofort. Aus dem Flugzeug.

NOCH 4 h 38 😊. KANN ES NICHT ERWARTEN. VERTRAU MIR. DU WIRST NIE ALLEINE SEIN. KHALED.

41

Hätte es noch jemanden gegeben, der noch nicht von dem Gerücht wusste, der Bürgermeister habe sich in einen Scheich verliebt: spätestens nach dieser Nacht wussten es alle. Es begann damit, dass der Flughafen aus Athen die Nachricht erhielt, es würde gegen 3.00 Uhr eine Diplomatenmaschine landen. Sehr zum Ärger der Angestellten, denn an normalen Tagen war nach Eintreffen der 22.40-Uhr-Maschine der Aegean Feierabend. Als der Airport nähere Informationen erhielt, war klar: die Maschine käme aus Dubai. Es bedurfte keiner überragenden Intelligenz, um zu vermuten, es könnte sich um Besuch des Bürgermeisters handeln. Von dem Drama im „Elysium" wussten die Insulaner noch nichts.

Und da Griechen Wetten fast noch mehr lieben als Wein, versammelten sich alle im Tower, diskutierten die Gerüchte und begannen mit dem Betting. Wette 1: Der Bürgermeister holt den Gast ab. Wette 2: Der Bürgermeister taucht nicht auf. Quote 1,8 für Wette 1.

Um 02.45 Uhr läutete Angelos am Tor zum Vorfeld und sagte brav seinen Namen. Warum im Hintergrund Freudenrufe zu hören waren, blieb ihm ein Rätsel.

Erst als er auf dem Vorfeld parkte und in Richtung Tower blickte, sah er, dass ein Dutzend Flughafen-Angestellte sich die Nase am Fenster plattdrücken.

Als die Maschine schließlich um 03.17 Uhr landete, gingen sämtliche Lichter des Vorfeldes an. Man wollte alles möglichst genau sehen.

Idiotenpack, dachte Angelos.

Die Türe des Jets ging auf, die Treppe wurde ausgefahren. Khaled erschien – in Scheich-Outfit, der Kandura.

Angelos hatte ihn noch nie so gesehen. Auf Mykonos trug Khaled immer Jeans und Shirt.

„Ich konnte mich nicht mehr umziehen", rief Khaled, als er auf Angelos zuging.

„Ich bin so froh, dass du da bist", sagte Angelos und ließ Khaled nicht mehr los. Blitzlicht. Die Towerbesatzung wollte Beweisfotos.

„Schau hin, der Emir von Mykonos trifft den Emir von Dubai", sagte der Fluglotse.

„Das ist nicht der Emir, sondern der Kronprinz und nicht von Dubai, sondern von Fusdcheirah. Nur ‚der Emir von Mykonos' stimmt", antwortete der Polizist. Und alle lachten.

„Damit ist die Katze endgültig aus dem Sack", sagte Khaled lachend. „Aber es ging nur so. Sonst wäre ich erst Mittag angekommen!"

„Jetzt ist ohnehin schon alles egal", antwortete Angelos. „Komm lass uns fahren!"

„Wohin?"

„Zu uns. Oder besser: zu mir!"

„Du wohnst nicht mehr mit Alex zusammen?", fragte Khaled, ein wenig *zu* hoffend.

„Alex wurde festgenommen. Er sitzt im Gefängnis", sagte Angelos.

Khaled schaute entgeistert, sagte aber zunächst nichts.

„Und du möchtest, dass ich ihm helfe?"

„Nein. Du hilfst mir. Ich weiß, es ist viel verlangt. Wenn du ‚Nein' sagst, würde ich es verstehen!"

Khaled lachte.

„Dass ich zu dir ‚Nein' sage, wird nie passieren. Dann bin ich mal gespannt. Ach ja, ich brauche Jeans und Hemden von dir. Ich habe absolut nichts dabei. Schön wären auch getragene Shorts von dir!"

Zum ersten Male an diesem schrecklichen Tag musste Angelos lachen.

42

ER HAT WAS?", rief Khaled laut, als sie in Ornos in der Küche saßen.

„Du hast leider richtig gehört. Er hat einen meiner Vergewaltiger getötet, nein, ermordet."

„Woher wusste er …?"

Angelos ging hinüber zum Notebook-Board und holte eine CD.

„Die Vergewaltigung steht im Netz. Ein Freund bei den Ermittlungsbehörden hat sie entdeckt, Alex angerufen und der hat sich es in Athen angesehen. Und dann beschlossen, einen der Männer zu ermorden!"

„Hast du die CD angeschaut?", fragte Khaled vorsichtig.

„Nein. Das macht glaube ich kein Opfer. Außer, es muss - vor Gericht!", sagte Angelos und nach einer Pause:

„Ich wusste von nichts. Alex hat sich nichts anmerken lassen. Ich hätte nie befürwortet, was er getan hat!"

„Ich muss es sehen. Ich muss wissen, was da passiert ist und wie Alex sich gefühlt hat. Um es richtig anzupacken, muss ich zu Alex werden. Das wäre ich ohnehin gerne, aber aus anderen Gründen. Die du kennst."

Angelos sah zum Fenster hinaus.

„Ich schäme mich. Ich würde das Ding am Liebsten verbrennen!"

„Das verstehe ich, aber wir brauchen beef, um ihm zu helfen. Und die CD ist der Schlüssel. Und schämen braucht sich kein Opfer. Garantiert nicht. Außerdem bin ich es, der es anschaut. Hab Vertrauen", sagte Khaled.

„Gut. Aber bitte erzähle mir nichts davon!"
Angelos gab Khaled die CD und ging vors Haus. Khaled legte die CD ein.

Nach wenigen Augenblicken hörte man Khaled aufstöhnen. Nach acht Minuten musste er sich zum ersten Mal übergeben. Angelos hörte es von draußen.

Angelos ging zum Strand, der vor ihrem Haus lag. Es war still und friedlich. Und Angelos stand inmitten eines anderen Sturmes.

Als er zurückkam, saß Khaled auf den Stufen und heulte. Er stand auf und umarmte Angelos.

„Wie kann man so etwas überleben?"

„Nur mit Alex´ Hilfe ging es. Ich weiß, die Antwort gefällt dir nicht!"

„Was hältst du von mir? Ich rechne es Alex hoch an. Denn das war bestimmt ein hartes Stück Arbeit. Aber wenn man liebt, ist nichts zu schwer!"
Angelos nickte.

„Und deshalb bin ich auch hier. So schnell es ging. Um dir zu helfen. Und um Alex zu helfen. Er muss dich sehr lieben, wenn er für dich mordet!"

„Für mich? Ich hätte es nie gewollt! Und nicht gebilligt! Aber ich wusste von nichts."

„Du hast das Video nicht gesehen. Ich kann den Hass verstehen, den Alex empfunden haben muss. Und ich hätte den Kerl auch getötet. Ich hätte ihn aber vorher leiden lassen. Und die Klo-bürste benutzt", antwortete Khaled.

„Gut. Jetzt ist es halb fünf. Ich bin ziemlich durch den Wind. Ich brauche Schlaf. Morgen muss ich fit sein, um einen Weg zu finden, dir und Alex zu helfen. Also, ich schlafe auf der Couch und wir sehen uns morgen", sagte Khaled und küsste Angelos auf die Wange.

„Nein, du kommst mit hoch. Das ist das Mindeste", sagte Angelos.

„Das ist keine Bedingung für meine Hilfe. Ich hoffe, du glaubst mir das"!

„Natürlich glaube ich dir das. Ich weiß nur nicht, ob ich noch etwas zustande bringe", antwortete Angelos.

„Du brauchst gar nichts zustande bringen, du Idiot. Mehr als dich im Arm zu halten, brauche ich nicht!"

Angelos schüttelte den Kopf.

„Warum? Ich bin nichts Besonderes. Ich habe dir eigentlich nur wehgetan!"

Khaled lächelte.

„Nein. Du hast mich glücklich gemacht. Und ich weiß, dass du mich liebst. Du liebst noch einen zweiten, ja, aber das spielt keine Rolle!"

Und so gingen Khaled und Angelos nach oben und Angelos schlief in Khaleds Armen ein.

Armer Kerl, dachte Khaled.

Aber nach dieser CD liebe ich dich noch mehr.

43

Am nächsten Morgen war Angelos derjenige, der als Erster aufwachte. Khaled lag auf dem Rücken und atmete schwer.
Was für ein schöner Mann, dachte Angelos. Eigentlich bin ich ein Glückspilz. Ich habe zwei Menschen, die alles für mich tun. Und ich gebe nichts zurück. Zumindest nicht Khaled.
Das ist nicht fair, dachte Angelos. Und Khaled nutzt die Situation nicht einmal aus.
Angelos rang mit sich. Ich muss Alex helfen und ohne Khaled schaffe ich es nicht. Und irgendwie muss ich ihm danken. Außerdem hat Khaled recht: ich liebe ihn.
Zärtlich ließ Angelos seine Hand über Khalids Brust streichen.

Eine Stunde später saßen Angelos und Khaled am Küchentisch.
„Ich habe dich gefragt, ob du es wirklich willst", sagte Khaled.
„Und ich habe ‚Ja' gesagt. Ich weiß nur nicht, ob es ..."
„Ob was?", fragte Khaled.
„Ob es dir gefallen hat. Ich weiß momentan gar nichts. Was richtig ist, was falsch ist – ich habe keine Ahnung!"

„Das war die schönste Stunde der letzten zehn Jahre. Du siehst doch wie ich strahle!"

Und tatsächlich leuchtete Khaled regelrecht.

„Und einen Prinzen bringt man nicht leicht zum Strahlen", ergänzte Khaled lachend.

„Du willst nur nett zu mir sein", sagte Angelos.

„An eines kannst du dich gewöhnen: ich sage immer, was ich denke. Ohne Schmeichelei. Daher meist nicht sehr diplomatisch. Und natürlich will ich nett zu dir sein – ich liebe dich. Alles andere wäre nicht normal!"

Der dritte Espresso stand auf dem Tisch.

„So", sagte Khaled. „Jetzt kümmern wir uns um Alex. Ich muss mehrere Telefonate führen. Auf Arabisch. Entschuldige, aber es geht nicht anders. Und es wird laut. Eine andere Sprache funktioniert bei uns nicht!"

„Von mir aus kannst du das ganze Viertel zusammenschreien. Hast du schon eine Idee?", fragte Angelos vorsichtig. Er dachte an eine Herde teurer Anwälte, um wenigstens den Mord vom Tisch zu bekommen. Mehr kann ich nicht tun, dachte Angelos. Von wegen „Emir von Mykonos!"

Khaled lächelte.

„Mal sehen, was Aladin aus seiner Wunderlampe lässt!"

44

Die nächsten Stunden wurden tatsächlich zu einer Brüllorgie. Meist auf Arabisch, mitunter auch auf Englisch.

„Angelos! Kannst du mir einen Espresso machen? Ich kenne mich mit der Maschine nicht aus!"

Angelos kam aus dem Wohnzimmer in die Küche. Er grinste.

„Hat Königliche Hoheit überhaupt schon mal selbst Kaffee gemacht? Oder machen das immer die angeketteten Irakis?"

Khaled warf den Stift in Richtung Angelos.

„Frecher Kerl", sagte er lächelnd. „Für so eine Bemerkung gäbe es zuhause Peitschenhiebe!"

„Und für das, was DU vorhin gemacht hast, würde man dich enterben und dann steinigen", antwortete Angelos.

„Ah, der Herr Bürgermeister bekommt langsam wieder Oberwasser. Freut mich!"

Angelos stellte Khaled den Espresso hin.

„Haben Exzellenz noch einen anderen Wunsch?"

Khaled schmunzelte.

„Du könntest mir beim Telefonieren ab und zu einen blasen!"

Angelos lachte.

„Du bist schon sehr verwestlicht. Dabei habe ich doch erst …"

„Ja, aber ich habe – gibt's das Wort ‚Vorholbedarf'?"

„Nein", sagte Angelos laut lachend.

Khaled griff wieder zum Handy.

„Weiter geht´s. Nochmal Dubai. Schade, dass wir kein eigenes Außenministerium haben!"

Mit einem Ruck zog Angelos Khaleds Stuhl nach hinten, kniete sich hin und öffnete Khaleds Hose.

„Das war doch nicht ernst ... Grundgütiger! Dubai? Äh, ich rufe – mmmh – später wieder an!"

Zehn Minuten später war Khaled wieder in der Lage zu telefonieren.

„Hast du ein Foto von Alex Gesicht? Passfoto oder ein normales Foto, aus dem man das Gesicht auskopieren kann?"

„Passfoto? Nein, nicht dass ich wüsste. Wer braucht das heute schon noch? Aber auf dem USB-Stick sind etliche Fotos. Nur sind einige nicht ganz jugendfrei", antwortete Angelos.

„Na dann, Fotoalbumstunde!"

Es waren 984 Fotos.

„War das da ein Foto-Shooting?", fragte Khalid.

„Ja. Das war für diesen dämlichen Wettbewerb!"

Khalid zog die Augenbraue hoch.

„Schönster Bürgermeister des Landes. War aber für einen guten Zweck!", antwortete Angelos.

„Hübsch. Und was haben wir denn da?"

Angelos schaute auf den Bildschirm.

„Da hat Alex wohl Aufnahmen gemacht, als du geschlafen hast!"

Tatsächlich. Aus jeder erdenklichen Position. Ganz normal ist das aber nicht, dachte Angelos.

„Kann ich die kopieren?", fragte Khaled schmunzelnd.

„Ich möchte aber keinen Bildband von mir bei Amazon sehen", antwortete Angelos.

„Nur für mich. Für die einsamen und grausamen Tage." Kurz erstarb das Leuchten und Angelos sah es. Er streichelte Khaled über den Kopf.
„Wir werden uns öfter sehen. Versprochen. Schließlich liebe ich dich auch. Das solltest du gemerkt haben. Und ich gewöhne mich daran, zu dir ‚ich liebe dich' zu sagen!"
„Fünf Sätze von dir und mir geht es wieder gut. Mach das einfach öfter!"
Dann deutete Khaled auf ein Foto, auf dem Alex´ Gesicht die richtige Größe, Farbe und Haltung hatte.
„Das wäre perfekt. Kannst du es bitte auf mein Handy kopieren?"
„Gerne, Königliche Hoheit!"
„So, mein Traumprinz. Jetzt nach Dubai und wieder zurück."
„DUBAI? Was wollen wir denn da?", fragte Angelos erstaunt.
„Alex retten. Außerdem hatte ich noch nie Sex im Jet. Natürlich nur, wenn es dir nicht zu viel wird!"
„Nö!"

Am Flughafen lief das gleiche Schauspiel ab wie beim ersten Mal. Offensichtlich waren alle Check-Ins geschlossen worden, einschließlich Sicherheitskontrolle – und der Tower war so voll wie noch nie. Flugpläne machen Diskretion unmöglich.
Zum Piloten sagte Khaled: „Folgender Funkspruch an den Tower: ‚Ja, Emir schläft mit Prinz. Wir landen wieder um 21 Uhr, sollte noch jemand ein Foto machen wollen!"
Die Antwort kam prompt.

„Tower Mykonos wünscht einen zweifellos schönen Flug. Gruß an unseren Emir!"

Angelos verdrehte die Augen. Ohnehin egal. Weiß eh schon jeder.

45

Ich hätte vorher gerne geduscht. Ich hoffe, du stellst mich nicht meinem künftigen Schwiegervater vor!", sagte Angelos lachend.

„Keine Sorge. Aber zu ‚Schwiegervater' gehört eine Hochzeit, das ist dir schon klar? Aber schön, dass du es in Erwägung ziehst", entgegnete Khaled.

Ist das so?, fragte sich Angelos.

„Und außerdem kannst du duschen. Die zweite Türe links", sagte Khaled und deutete nach hinten.

„Eine Dusche im Jet? Typisch Neureiche" und Angelos grinste.

„Meine Familie regiert seit 1908, von wegen neureich", antwortete Khaled.

„Kann ich mit zum Duschen?", fragte er.

„Schon wieder? Du bist ein Sexmonster!", sagte Angelos.

„Danach muss ich wieder ewig warten", antwortete Khaled mit traurigem Gesicht.

Angelos nahm ihn in den Arm.

„Wer sagt denn das? Ich nehme mir mehr Zeit für dich. Also … Äh, was passiert, wenn wir in Turbulenzen geraten? Ich möchte mir ungern etwas brechen!"

Khaled lächelte.

„Das Risiko der Liebe!"

„Na bravo!", sagte Angelos und beide verschwanden in der Dusche.

Irgendwo über Damaskus nahmen die beiden wieder Platz in ihren Sessel Platz.

„Verrätst du mir jetzt, wie du Alex helfen kannst?", fragte Angelos.

„Gerne. Wir fliegen nach Dubai und fahren ins Außenministerium. Dort geben wir das Foto ab und können dann Alex´ Diplomatenpass mitnehmen!"

„Was bitte? Aber das glaubt doch kein Mensch", wand Angelos ein.

„Das spielt keine Rolle. Der Pass ist rückdatiert. Er stand also am Tag der Tat unter diplomatischer Immunität", sagte Khaled vergnügt.

„Aber es war Mord!"

„Spielt auch keine Rolle. Normalerweise wird die Person dann zur ‚Persona non grata' und ausgewiesen. Das geht aber in diesem Falle nicht, denn Alex ist griechischer Staatsbürger und die Staatsbürgerschaft darf ihm nicht aberkannt werden. Steht in der Verfassung, sagen die Anwälte", erklärte Khaled.

„Aber das nimmt uns doch niemand ab, dass ein Grieche in eurem diplomatischen Dienst arbeitet!"

Angelos schaute noch immer unsicher.

„Zum dritten Male: es spielt keine Rolle. Es obliegt nicht dem jeweiligen Land, nachzufragen, wer und warum auf der Liste steht. Alex ist emiratischer Diplomat!"

„Und du bist sicher, dass Athen da mitspielt?"

„Ach Angelos, du Ungläubiger. Athen hat längst zugestimmt. Ich habe auch die Umstände erklärt. Alex darf lediglich nicht mehr als Diplomat in Griechenland tätig sein!"

Khaled lachte.

„Sicher kein Problem. Denn er wusste ja gar nichts von seinem neuen Beruf!"

Noch immer begriff Angelos nicht ganz.

Alex geht straffrei aus?

Darauf hatte er im Traum nicht gedacht.

„Ich würde mich gerne bei dir bedanken. Leider kann ich nicht mehr", sagte Angelos lachend.

„Nun, vielleicht auf dem Rückflug!"

„Im Ernst. Den Rivalen aus der Bredouille zu helfen – dazu gehört viel Charakter."

„Ich habe es auch für dich getan. Nein, hauptsächlich für dich. Ich möchte, dass du freiwillig zu mir kommst. Nicht so. Hoffen, dass es soweit kommt, darf ich ja!", sagte Khaled.

„Das darfst du. Ich liebe dich. Nur …"

„Du kannst Alex jetzt nicht allein lassen. Verstehe ich!", ergänzte Khaled.

„Und wie lange dauert es bis Alex freikommt?", fragte Angelos.

„So lange wie er braucht, um seine Sachen zu packen. Auf dem Rückflug nehmen wir ihn mit!"

Angelos bekam feuchte Augen.

„Ich hoffe …"

„Nein, du hast mich nicht ausgenützt. Ich habe es gerne getan. Endlich konnte ich einmal etwas richtig Gutes tun. Und das für den Mann, den ich liebe!"

46

lex saß in seiner Zelle. Sein Gehirn weigerte sich, die Realität zu akzeptieren. Seit Stunden hatte er sich nicht bewegt, warum auch? Er lag auf seiner Pritsche. Mein Kopf, dachte er. Warum habe ich einen Filmriss? Natürlich habe ich ihn erschossen, aber was war vorher?

Der finale Schuss. Das weiß ich noch ganz genau. Und ja: Es war ein geplanter Mord. Ich bin Kommissar, also weiß ich, dass mir die Heimtücke das Genick brechen wird.

Und Selbstjustiz wirkt eher strafverschärfend.

Er redete sich nicht ein, dass er Richter spielen musste, weil schon zu viele Mörder ihrer Strafe entgangen waren und weiter entgehen. Es gilt der juristische Grundsatz: es gibt keine Gleichheit im Unrecht.

Dass mein Mann vom „Opfer" vergewaltigt wurde – und zwar brutalstmöglich – wird nicht helfen. Zudem bestünde die Gefahr, dass das Video gezeigt würde. Es würde den Hass erklären, der in mir aufstieg. Die Schuld bliebe die Gleiche.

Nein, das Video bleibt außen vor. Das kann ich Angelos nicht antun.

Und egal, ob ich lebenslänglich oder zehn Jahre bekomme – ich bin fertig. Angelos kann nicht warten. Von niemandem darf man das erwarten, schon gar nicht fordern.

Beim Gedanken, Angelos vielleicht nur noch einmal im Monat zu sehen, brach Alex in Tränen aus. Ganz zu schweigen davon, dass er über Jahre Angelos´ Körper weder sehen noch berühren dürfte.

Was habe ich ihm nur damit angetan?

Oh ja, nach außen ist er stark, aber das trügt. Er braucht eine Schulter zum Anlehnen. Wenn sein Mann ein Mörder ist, muss er dann als Bürgermeister zurücktreten? Ganz bestimmt. Das Amt ist Angelos egal. Aber er braucht Beschäftigung, Action. Zuhause sitzen wäre für ihn unerträglich. Ein Gefängnis.

Halt – Angelos wäre nicht allein. Er würde Khaled haben, wenn es dieser denn ernst meint. Ich kenne Khaled nicht, ich habe ihn lediglich ein paar Sekunden gesehen – aber Angelos war niemand, der auf Blender hereinfällt. Der „Prinz" und das Geld waren Angelos egal.

Ob Khaled wohl schon da ist, um meinen Platz einzunehmen? Nein. So schnell kann er nicht sein. Aber wenn er kommt? Würden die beiden im Bett landen? Der Gedanke, dass Angelos mit einem anderen schläft, ließ Alex aufschluchzen. Aber ich bin selbst schuld. Angelos hatte sich für mich entschieden. Klar und deutlich. Ja, er hatte sich in Khaled verliebt, aber er blieb bei mir.

Was habe ich mir nur gedacht?

Ich habe nicht gedacht.

Ich habe gehasst.

Die Türe wurde aufgeschlossen und der Wärter kam herein:

„Nikakis. Mitkommen. Ihr Prinz will Sie sprechen!"

Angelos, dachte Alex.

47

Aber es war nicht Angelos. Als er den kahlen Raum betrat, saß dort ein Scheich, der von seinem Stuhl aufstand.

„Hallo, Alex. Ich bin Khaled. Ist das ‚du' ok für Sie?"

Alex war verwirrt. „Äh, ja, natürlich!"

„Wo ist Angelos?", fragte er. „Ist er schon weg?", fügte er niedergeschlagen hinzu. Es klang mehr wie eine Feststellung, denn eine Frage.

„Würde er das tun? Du hast wenig Vertrauen in deinen Mann!"

„Ich könnte es ja verstehen. Aber du hast recht: das würde er nicht tun. Das war nicht fair!"

„Allerdings nicht. Er hat sofort alles getan, um dir zu helfen. Er hat mich gebeten, zu kommen. Und er leidet vielleicht mehr als du."

Alex nickte.

„Ich weiß, dass du mich als Rivalen ansiehst. Ich bin es vielleicht auch. Nein, ich bin es. So ehrlich will ich sein!"

„Darf ich fragen, wie alt du bist?"

„Ich bin 25. Aber Liebe macht sich nicht am Alter fest", antwortete Khaled.

„Meinst du es ernst mit ihm?", fragte Alex.

„Würde ich sonst 3.000 km fliegen, um ihm zu helfen? Obwohl er mir gesagt hat, dass er bei dir bleibt? Dann kann es nur aufrichtig sein!"

Alex nickte.

„Du hast recht. Aber es spielt keine Rolle mehr. Es ist besser für ihn, mit dir zu gehen. Ich habe keine Zukunft mehr", sagte Alex leise.

„Blödsinn. Ich habe einen Weg gefunden, dich hier rauszubringen. Aber ich habe zwei Bedingungen – und deswegen bin ich hier", sagte Khaled.

Alex´ Verwirrung nahm zu. Rauskommen? Was meint er damit? Bedingungen? Zumindest die waren ihm klar, nein, EINE war ihm klar.

„Ich soll Angelos freigeben", sagte Alex niedergeschlagen.

Khaled lachte.

„Ich bin doch kein Erpresser! Nein, ich bin beeindruckt von dir. Ich habe das Video gesehen und kann verstehen, warum du es getan hast. Ich musste mich mehrfach übergeben und habe geheult wie ein Schlosshund. Ich glaube, bei dir war es ähnlich, oder?"

„Es war das Furchtbarste, was ich je gesehen habe. Ich habe nur noch Hass empfunden!", antwortete Alex.

„Du hast aus Liebe gemordet. Das ringt mir
Respekt ab", sagte Khaled. „Ich habe Angelos
von der ersten Sekunde an geliebt. Ich war wie
gelähmt, als ich ihn sah!"
Alex lachte.
„So war es bei mir auch. Ich habe angefangen zu
stottern. Ich glaube, ich brauchte zwei Minuten,
um meinen Namen herauszubringen!"
„Und was sind nun die Bedingungen?", fragte
Alex vorsichtig, aber auch ängstlich.
„Bedingung 1: wenn du merkst, dass er unglücklich ist, bitte lass ihn gehen. Bedingung 2:
Ich muss ihn öfter sehen, sonst kann ICH nicht
weiterleben. Nicht jede Woche, aber vielleicht
einmal im Monat. Für ein Abendessen. Und ohne
Sex, solange er bei dir ist!"
Alex war konsterniert.
„Das ist alles? Mir ist wichtig, dass Angelos glück-
lich ist. Dafür tue ich alles. Und wenn ich sehe,
dass er es nicht ist, gebe ich ihn frei. Und natürlich
kannst du ihn sehen. Ich muss es akzeptieren, dass
er mich UND dich liebt.
Ja, ich bin einverstanden, wenn er es ist!"
Khaled lächelte.
„Dann sind wir uns einig?"
Alex nickte.
„Natürlich!"
„Dann hole ich jetzt Angelos!"
Alex zerriss es fast vor Sehnsucht.
„Eines noch, Khaled. Wenn du heute den Abend
mit ihm verbringen willst, würde ich es verstehen.
Auch die Nacht. Mich wird es zwar zerreißen, aber

ich würde es Angelos nicht nachtragen. Natürlich
nur, wenn er will!"
Khaled machte ein Gesicht wie ein Kind an Weih-
nachten.
Er liebt Angelos wirklich, dachte Alex.

Zwei Minuten später lagen sich Alex und Angelos
in den Armen. Beide sagten zunächst nichts.
„Oh, du Idiot", begann Angelos.
„Entschuldige, ich habe nicht daran gedacht,
was ich dir antue. Mein Hass war stärker",
antwortete Alex. „Und Khaled liebt dich wirklich.
Die Gelegenheit, an meine Stelle zu treten, hätte
besser nicht sein können. Aber er tut es nicht.
Dazu gehört viel, wenn man verliebt ist!"
„Und vergiss nicht, was er für dich getan hat!"
„Natürlich nicht. Und ich muss sagen: er ist eine
Schönheit und hat Charakter. Ich kann verstehen,
dass du dich in ihn verliebt hast!"

48

Angelos und Khaled lagen im Bett. Im
noblen „Myconian Inn" in Elia.
„Diesmal hast du kein schlechtes
Gewissen!", stellte Khaled fest.
„Nein. Nicht, nach dem, was du getan hast.
Und dieses Mal ist Alex wirklich einverstanden.

Und drittens weiß ich jetzt, dass ich dich tatsächlich liebe", antwortete Angelos.

Er war so entspannt wie seit Wochen nicht mehr.

„Wie mich deine Worte freuen. Aber ich gebe dich nicht auf. Nie. Das hast du schon verstanden, oder?"

„Ja. Gäbe es Alex nicht, wären wir beide schon zusammen. Dass ausgerechnet du Alex geholfen hast, macht mich sprachlos!"

„Was hätte ich davon gehabt, wenn du deswegen zu mir gekommen wärst? Säße Alex im Gefängnis – du wärst unglücklich. Und das werde ich nicht zulassen. Wenn ich die Macht dazu habe."

„Aber bitte: Stell mich nicht auf einen Sockel. Alex betet mich an und das kann einen erdrücken. Ich bin ein ganz normaler Mensch!"

Dann grinste Angelos.

„Auch wenn ich schöner und klüger bin als andere!"

„Da werde ich dir nicht widersprechen!"

Khaled streichelte über Angelos´ Brust.

Du bist der schönste Mann der Welt.

Und eines Tages gehörst du mir.

„Nicht mal mein Vater könnte etwas gegen dich haben!"

„Wie kommst du denn darauf?"

„Ein Emir steht über einem Kronprinzen. Und du bist der Emir von Mykonos!"

Angelos lachte.

„Gott sei Dank muss ich aber keine Kandura tragen. Nebenbei: in Jeans und Shirt gefällst du mir bedeutend besser!"

„Manchmal ist die Kandura hilfreich", sagte
Khaled. „Wie wir jetzt wissen. Aber wenn du sie
unerotisch findest, werde ich nicht so dumm sein,
sie noch einmal anzuziehen, wenn wir uns sehen.
Ich möchte ja, dass du …"
„… dass ich geil werde, wenn ich dich sehe",
ergänzte Angelos. „Da brauchst du dir keine
Sorgen machen!"
„Ich kann es noch immer nicht fassen. Ich wollte
dich von der ersten Sekunde an. Es war ein Traum.
Und jetzt liebst du mich und schläfst mit mir. Auch
für Prinzen werden Wünsche wahr!"
Khaled schaute verträumt.
„Wie wäre es mit einer zweiten Runde? Denn der
Emir scheint schon wieder hungrig zu sein! Und ich
muss für längere Zeit auf dich verzichten!"
Angelos grinste.
„Du möchtest einen Vorschuss? Wie könnte ich da
‚Nein' sagen!"

49

Angelos war zufrieden mit seinem Text. Er
nahm das Papier, ging aus seinem Büro
hinaus und zeigte es Giorgios.
„Schau mal, ob das so passt!"
Giorgios nahm den Entwurf. Dort stand:

„Durch die Krise sind viele Eltern auf dieser Insel nicht mehr in der Lage, die Behandlung ihrer kranken oder behinderten Kinder zu bezahlen.
Ich bitte alle betroffenen Eltern, sich bei Herrn Dr. Silva in der Klinik zu melden. Bringen Sie bitte ärztliche Unterlagen sowie Einkommensnachweise mit. Alle Informationen werden vertraulich behandelt. Sollte zwischen den tatsächlichen Kosten und den Kassenleistungen eine große Diskrepanz bestehen, möchte ich prüfen, ob die Gemeinde Unterstützung leisten kann.
Ja, ich weiß, dass dies eigentlich nicht Aufgabe einer Gemeinde ist. Ja, ich weiß, dass auch Erwachsene von Krankheit oder Behinderung betroffen sind, aber: es handelt sich um Kinder, unsere Kinder. Und es muss unerträglich sein, täglich den Reichtum Mancher zu sehen, gleichzeitig aber die Behandlung des eigenen Kindes nicht bezahlen zu können.
Für andere Nöte und Sorgen von betroffenen Familien bin ich jederzeit ansprechbar.

Nikakis, Bürgermeister"

„Das wäre toll, Aber wo wollen Sie das Geld hernehmen, Emir? Äh, Chef!" Giorgios bekam einen hochroten Kopf.
Angelos lachte.
„Wir erhöhen die Fremdenverkehrsabgabe. Das wären ein paar Stellen hinter dem Komma. Der Hotelverband wird aufschreien, aber beim Wort ‚Kinder' bleibt ihnen nichts anderes übrig. Die Schlagzeile könnte lauten: ‚Hoteliers wollen

kranken Kindern nicht helfen!" Da wäre die
andere Möglichkeit ‚Hoteliers unterstützen kranke
Kinder' – und das mit Bild – doch gut fürs Prestige!"
Giorgios grinste.
„Das ist zwar Erpressung, aber es würde vielen
helfen. Aber Athen muss es dennoch genehmi-
gen und das tun sie nicht!"
Angelos schmunzelte.
„Glaub mir, sie tun es!"
Der Premier ist mir noch etwas schuldig, dachte
Angelos.

50

N a, wie fühlt es sich zuhause an?", fragte
Angelos.
„Seltsam", antwortete Alex.
„Aber schon besser als im Gefängnis, oder?"
„Blöde Frage. Habe ich mich eigentlich bei dir
bedankt?"
„Nein. Aber das musst du nicht. Hauptsache, du
hast dich bei Khaled bedankt!"
„Das habe ich. Es tut mir leid. Ich weiß nicht, was
ich mir gedacht habe. Ich war wie schockge-
froren. Und habe ihm mitten in die Stirn
geschossen!"

„Mir geht es dadurch nicht besser. Mich musstest du nicht rächen. Aber er hat noch mindestens zwei weitere Menschen ermordet, von den Toten wegen der gestreckten Medikamente ganz zu schweigen. Und ein Vergewaltiger tut es immer wieder. Du hast wahrscheinlich andere gerettet. Wieso zum Teufel hast du nichts gesagt? Wir hätten ihn lebenslang hinter Gitter gebracht!"

„Angelos. Dann hätte ich dir sagen müssen, dass ich das Video gesehen habe. Das konnte ich nicht!"

„Ich hätte es mir nicht angesehen", antwortete Angelos.

„Dann hättest du verstanden, warum … egal."

„Ich verstehe es doch. Khaleds Gesicht nachdem er es gesehen hat, lässt mich ahnen, was das Video ausgelöst hat. Aber ich bin da und mittlerweile wieder gesund. Also relativ."

„Was für eine Woche", sagte Alex.

„Stimmt. Ich bin noch nie so komfortabel gereist wie in Khaleds Jet. Das Ding hat sogar eine Dusche!"

„Und lass mich raten: ihr wart zu zweit darin", knurrte Alex.

„JETZT HÖR MAL ZU: ICH BIN BEI DIR. Ich kann mich nicht dafür entschuldigen, dass ich noch einen anderen liebe. Natürlich könnte ich ausziehen, bis ich mir klar werde, wohin ich gehöre. Ist es das, was du willst?"

„Nein", sagte Alex kleinlaut.

„Du hast Nerven. Khaled ist doch nur aufge-taucht, weil du Mist gebaut hast. Ich habe ihn gerufen, um dir zu helfen. Und er hat es gemacht, obwohl er auch die Finger davon hätte lassen können. Und du fragst dich, wer wo mit wem geschlafen hat!"

Angelos stand wütend auf.

„Angelos!"

„Rutsch mir!"

Er ging die Treppe hinunter, in die Küche und griff nach seinem Handy.

HALLO MEIN PRINZ. BIST DU JA 😊. DANKE FÜR ALLES. FREUE MICH AUF DEINEN NÄCHSTEN BESUCH. VIELLEICHT KLAPPT ES SCHNELLER ALS DU DENKST. WENN DU NOCH MÖCHTEST. ICH LIEBE DICH. ANGELOS.

Er machte sich einen Espresso.

Schon kam die Antwort.

OB ICH NOCH MÖCHTE? ICH WÄRE DER GLÜCKLICHSTE MENSCH DER WELT. ICH LIEBE DICH NOCH MEHR. KHALED.

Und ich habe oben einen undankbaren Brummbären liegen.

Als Angelos zurück ins Schlafzimmer kam, hatte Alex die Bettwäsche gewechselt.

„Hier riecht es zu sehr nach Scheich!"

Angelos packte sein Kissen und ging nach unten.

Es war der Anfang vom Ende.

Der Neue erscheint
am
5. Dezember 2019

Khaled

Paul Katsitis – Der Putsch

1967 putscht in Griechenland das Militär. Hellas
und auch Mykonos ächzen unter der Diktatur.
52 Jahre später gibt es wieder einen
Regierungswechsel in Athen. Doch die Ereignisse
von damals werfen ihre späten Schatten.
Ein Flugzeugabsturz und Kommissar Angelos
Nikakis sorgen dafür, dass es zu einem politischen
Erdbeben kommt.

Paul Katsitis – Glut

Der Alptraum aller Chora-Bewohner wird
wahr. Ein Großbrand wütet in den engen
Gassen der Stadt. Eine knifflige Aufgabe nicht
nur für die Feuerwehr, sondern auch für
Kommissar und Bürgermeister Angelos Nikakis.
Denn in einem Haus findet man eine
weibliche Leiche. Ein Brandopfer, denken
viele. Doch sie wurde erschossen. Drei weitere
Morde und der Wiederaufbau lassen Angelos
kaum Zeit, Luft zu holen.

Paul Katsitis - Abseits

Im Stadion von Mykonos wird die Leiche eines Mannes gefunden. Da der Mann Fan von Olympiakos Piräus war, geraten alle Anhänger des Konkurrenzvereins Panathinaikos Athen in Verdacht. Die Indizien lassen zunächst keine andere These zu und der Hass zwischen beiden Lagern ist tatsächlich so groß, dass auch ein Mord im Bereich des Möglichen liegt.
Doch als Kommissar Angelos Nikakis in die Welt der Spielerscouts eintaucht, stellt er fest, dass es um ganz andere Dinge ging: um Menschenhandel, Pädophilie und natürlich eine Menge Geld!

Paul Katsitis – Die Maske

ohne Vorwarnung in den Rücken geschossen hat, steht er bald unter Anklage.
Im Schatten des Prozesses gelingt es einem neuen, besonders brutalen Drogenhändler, genannt „Máská", sein Netzwerk auszubauen. Und er zögert auch nicht, als sich ihm die Gelegenheit bietet, Kommissar a.D. Angelos Nikakis aus dem Weg zu räumen.

Paul Katsitis – Die Bestie von Mykonos

Zwei Kriminalbeamte, Alexandros und Angelc
quittieren den Dienst und eröffnen gemeinsar
auf Mykonos eine Bar. Nebenher betreiben si
eine kleine Privat-Detektei. Da die Polizei
chronisch unterbesetzt ist, werden Alex und
Angelos – wegen ihrer Erfahrung - regelmäßig
hinzugezogen.
Mykonos ist in Aufruhr. Offensichtlich foltert,
vergewaltigt und tötet ein Mann junge Touristen.
Um ihn zu stellen, bleibt nichts anderes übrig, als
dass Angelos den Lockvogel spielt – mit
furchtbaren Konsequenzen ...

Paul Katsitis – Rache

Im Kloster Ano Mera auf Mykonos wird ein Priester
tot aufgefunden, dessen Leiche übel zugerichtet
ist. Es sieht nach einem Rachemord aus – doch
wofür?

Paul Katsitis - Hass

Es ist ein besonderer Fall für die beiden I
Alex und Angelos Nikakis. Die Leiche eines jungen
Mannes wird in den Dünen gefunden. Am und im
Körper des Toten findet sich die DNA von Angelos.
Er wird verhaftet.

Paul Katsitis – Inzest

Ein Bräutigam, der sich am Tag der Hochzeit vom Balkon stürzt und eine Mädchenleiche in einer Wagenpresse. Zwei Fälle für die beiden Ex-Kommissare Alex und Angelos Nikakis Zwei Fälle, die sich nach und nach aufeinander zu bewegen.

Paul Katsitis – Der-Drei-Sterne-Mord

Im besten Restaurant der Insel wird der Chefkoch, ehemals Leibkoch Gaddafis, mit durchschnittener Kehle aufgefunden. Ein schwieriger Fall für Alex und Angelos, zumal die eigene Familie mit beteiligt ist. Der Fall erfährt eine erstaunliche Wendung, als die beiden Ermittler erfahren, dass der britische Außenminister Mykonos besucht – auf dem Landsitz des griechischen Premierministers.

Paul Katsitis - Tattoo

Zwei Highlights stehen auf dem Programm des Wochenendes: ein hochdotiertes Beachvolleyball-Turnier und die Eröffnung der ersten Spielbank auf der Insel.
Nicht ins „Event-Wochenende" passen zwei Tote: ein 19-jähriger Junge und einer der Beachvolleyballspieler. An dessen „natürlichem

Tod" haben die Ermittler Alex und Angelos so ihre Zweifel.

Paul Katsitis – Skalpell

Am Strand von Ornos wird eine Frauenleiche gefunden. Es ist die Tochter des Bürgermeisters. Der Leiche fehlen Nieren und Leber.
Doch es geht bei der Mordserie nicht nur um Organe, wie die beiden Ermittler Alexandros und Angelos Nikakis bald feststellen. Es existiert ein komplexes Netzwerk, das verschiedene kriminelle Felder abdeckt, und so mancher Inselbewohner ist darin verstrickt.

.

Weitere Mykonos-Bücher

MYKONOS LOVE STORY
Von Michael Markaris

„Die Mykonos Love Story 1-11" von Michael Markaris.
Kommissar Pandis hat mit 53 sein Coming-Out und verliebt sich in den 29-jährigen Angelos

Bisher erschienen:
Mykonos Love Story 1
Mykonos Love Story 2 – Das goldene Ei
Mykonos Love Story 3 – Morgenröte über Mykonos
Mykonos Love Story 4 - Mykonos Speed
Mykonos Love Story 5 – Rape-Vergewaltigung
Mykonos Love Story 6 – Der rosa Leopard
Mykonos Love Story 7 – Rückkehr der Leoparden
Mykonos Love Story 8 – Crash!
Mykonos Love Story 9 – Der tote Pelikan
Mykonos Love Story 10 – Photia-Feuer
Mykonos Love Story 11 – Der tote Archäologe

Hinweise

Die Bezeichnung „Scheichgewand" gibt es nur in Deutschland. In den meisten anderen Ländern verwendet man den arabischen Namen „Dischdascha". In den Emiraten nennt man die Dischdascha „Kandura". Da Khaled Emirati ist, wird in diesem Buch Kandura verwendet.

OPKE ist die Spezialeinheit der griechischen Polizei. In Griechenland unterstehen Polizei und Geheimdienst dem Militär.

EYP ist der griechische Geheimdienst.